LA FIANCÉE DU DANGER

MADEMOISELLE MARIE MARVINGT

DU MÊME AUTEUR

Hôtel Riviera, Grasset, 1986

Contes et Légendes de la Bible, Tome I, *Du Jardin d'Eden à la Terre promise,* Pocket, 1994

Contes et Légendes de la Bible, Tome II, *Juges, rois et prophètes,* Pocket, 1995

Shanghaï-la-juive, Flammarion, 1997 (Le Passage, 2015)

Les Fantômes de Zurich, Flammarion, 1998

Savannah, Flammarion, 1999

La Pourpre et le jasmin, Éditions du Rocher, 2000

Le Shnorrer de la rue des Rosiers, Éditions Bibliophane/Daniel Radford, 2000

Le Grand Dragon, Éditions Bibliophane/Daniel Radford, 2002

Cacao, Éditions Bibliophane/Daniel Radford 2002, Prix Cœur de la France 2003, Éditions Cairn, 2012 et 2018

Moi, reine de Saba, Éditions Bibliophane/Daniel Radford, 2004

Le Roman de Séville, Éditions du Rocher, 2005, Prix Alberto Benveniste 2006

Justice pour le capitaine Dreyfus !, Oskar, 2006

La Tragédie de l'Emeraude, Éditions du Rocher, 2007

Le Petit Roman du Mariage, Éditions du Rocher, 2010

Quand vous reviendrez, aurons-nous une auto ?, Éditions du Seuil, 2010

Le Rabbin de Salonique, Éditions du Rocher, 2010

La Clandestine du voyage de Bougainville, Le Passage, 2014 (Points, 2015), Prix Marc Elder 2015

Un soir à Sanary, Le Passage, 2016

Loin de Sils Maria, la prodigieuse ascension de Johann Josty, Le Passage, 2018, Prix de la Fondation Charles Oulmont 2018

www.michelekahn.com / mk@michelekahn.com

www.lepassage-editions.fr

MICHÈLE KAHN

LA FIANCÉE DU DANGER

MADEMOISELLE MARIE MARVINGT

roman

LEPASSAGE

À toutes celles qui apportent leur pierre à l'édifice

L'admission des femmes à l'égalité parfaite
serait la marque la plus sûre de la civilisation
et elle doublerait les forces intellectuelles du genre humain.

Stendhal, *Rome, Naples et Florence*, 1817

LONDRES, MARS 1901

Sur les trottoirs encombrés de Fleet Street, la rue où siègent les principaux journaux anglais, les piétons marchent, courent, volent, perdus dans leurs pensées. Les *newsmen* s'égosillent. Des véhicules de toutes sortes, traînés par des chevaux à la croupe charnue dont les sabots frappent le sol avec fracas, se disputent la rue : omnibus à impériales, camions, cabs, voitures lourdes ou légères.

Soudain, une jeune cycliste en costume marron, veste et jupe longue, cette sorte de jupe qui laisse à peine dépasser le bout du pied, se fraie un passage dans la circulation. Bien des passants s'étonnent de la vivacité de son coup de pédales, et plus d'un, éberlué, se retourne pour la voir filer. Encore n'ont-ils pas eu le temps, ni l'œil assez perçant, pour distinguer la minuscule tête de mort suspendue à une chaînette au revers de sa veste, comme pour défier la Faucheuse. Une femme à vélo, on en rencontre parfois sur les routes de campagne, bien que la plupart des médecins proscrivent cet exercice au beau sexe, mais rarement en ville. Et à cette vitesse, jamais ! Ce n'est pas pour rien que les proches de cette cycliste téméraire la dénomment *Marie casse-cou* !

Sans se soucier des questions qu'elle suscite, Mlle Marvingt fonce. Elle ne s'arrête que pour répondre au geste des *policemen* à bonnet noir, gants blancs et demi-manches blanches. Tenant bien sa gauche, elle se faufile avec adresse entre les véhicules. Il faut dire qu'elle pédale depuis sa onzième année ! Qu'elle a été la première femme dans sa ville, et peut-être même en France, à se lancer ! Et qu'elle a pour habitude de sillonner les routes de son pays.

Mais que fait à Londres cette demoiselle venue de Nancy ?

Marie Marvingt compte assister à la célèbre *Boat Race*, qui se déroulera le lendemain, samedi, sur la Tamise. C'est qu'elle est aussi férue d'activités nautiques. Elle a tôt pratiqué le canotage, alors l'un des rares sports permis aux femmes. Où elle s'est d'ailleurs illustrée. C'était en 1890, se souvient-elle. Dire que j'avais seulement 15 ans ! Nancy-Coblence par la Meurthe et la Moselle, ce n'est pas rien ! Quatre cents kilomètres. Papa avait une telle confiance en moi qu'il m'a laissée partir seule. Mon cher papa… La nuit, je campais sur la berge. Le matin, je piquais un plongeon dans la rivière pour me réveiller, et je repartais. Plus heureuse qu'un courant d'air !

Elle était très mûre pour son âge, se dit-elle. Et ce voyage lui a révélé sa propre force. Elle s'est prouvé qu'elle était indépendante, qu'elle avait le courage d'un homme pour se débrouiller seule. L'endurance, aussi. Personne désormais, absolument personne, ne pourrait jamais lui en remontrer.

L'année d'après, elle a remporté un premier prix de canoë. Et tant d'autres victoires m'ont récompensée depuis ! songe-t-elle avec fierté.

Voici longtemps que Marie s'est promis d'assister à l'*University Boat Race*, la célèbre course d'aviron qui se dispute au printemps entre les deux bateaux des universités de Cambridge et d'Oxford. Sous le signe du bleu clair pour l'équipe de Cambridge, bleu foncé pour celle d'Oxford. Depuis quinze jours, paraît-il, Londres vit sous le signe du bleu. Bleus sont les étalages des boutiques, les cravates des hommes, les chapeaux, robes, bottines et gants des femmes, les boutonnières. Les cochers ont enrubanné leur fouet de bleu et paré leurs chevaux de cocardes bleues. Bref, tout est bleu. Sauf le ciel.

Qui gagnera, Bleu ciel ou Bleu foncé, *that is the question*. Depuis la création de la course en 1829 – mais elle ne s'est pas déroulée chaque année –, Oxford a remporté trente-trois victoires et Cambridge vingt-cinq, dont les deux précédentes, ce qui pimente la situation. Les parieurs sont échauffés. Il n'est pas un seul Anglais qui n'ait engagé quelques livres, shillings ou deniers dans l'affaire. Pour cela, ils ont suivi les articles quotidiens des reporters spéciaux qui détaillent jusqu'à plus soif l'entraînement des huit rameurs de chaque équipe. Rapportent les incidents de la journée. Précisent ce que doivent manger les gars d'Oxford pour être aussi légers que ceux de Cambridge. Discernent quelle faute il leur reste à corriger. Les rameurs sont pesés tous les matins, et leur place dans la barque modifiée en fonction du poids du jour.

Une compétition qui n'admet pas les femmes ! peste Marie.

Où se postera-t-elle pour bien profiter du spectacle ? La course se déroulera entre deux villages des bords de la Tamise, Putney et Mortlake, distants d'environ sept kilomètres, et durera une vingtaine de minutes très denses. Au départ sur le vieux pont de Putney ? Plus en avant, sur le pont suspendu d'Hammersmith ?

Pour aujourd'hui, elle a d'abord pensé nager dans la Tamise, forte de ses exploits en natation : à 4 ans, tandis que les filles de son âge faisaient à peine trempette, elle accomplissait déjà quatre kilomètres d'affilée, filant telle une carpe ! À Nancy, lorsque le temps le permet, elle plonge chaque jour dans l'une ou l'autre rivière, la Meurthe ou la Moselle. Travaille sa vitesse et son endurance. Mais l'eau de la Tamise est bien trop froide aujourd'hui. Elle se propose donc de visiter Westminster Palace. Elle est curieuse de tout, Marie. Licenciée en lettres et parlant quatre langues dont l'espéranto, grande lectrice, adorant dessiner, peindre, sculpter, elle entraîne aussi bien son corps que son esprit, l'un servant de dérivatif à l'autre. L'escrime, et le tir, et la boxe la délassent de ses études. Et le cocher qui, d'un coup de trompe, a rageusement manifesté son irritation envers elle, serait très étonné d'apprendre que, l'une des premières femmes, elle a obtenu, deux ans plus tôt, le *certificat de capacité féminin* qui permet de conduire une voiture sans chevaux, dite automobile !

C'était peu après la célèbre duchesse d'Uzès, connue pour ces paroles révolutionnaires : *Le temps n'est plus à ces femmelettes de chaise longue qui ne sont pas des femmes, mais des objets d'étagères.* Une phrase qui ravit Marie. Elle, son idée fixe, c'est d'écorner l'image d'une dominance fatale et systématique des hommes. Qu'ils arrêtent de renvoyer leurs compagnes au ménage, aux enfants et aux fourneaux, bon sang, ces mâles qui se croient toujours supérieurs aux femmes ! Alors qu'elles portent en elles un potentiel extraordinaire. Qui ne demande qu'à être cultivé. Elles peuvent égaler les hommes. Ce qu'ils cherchent justement à empêcher. Combien ânonnent d'un ton doctoral que ce qui est bon pour l'homme n'est pas bon pour la femme ?

Le tout est de vouloir. Le secret de Marie, c'est de *savoir vouloir,* comme elle dit.

Quand se rendra-t-elle au Jardin zoologique ? On peut y admirer la plus belle collection d'animaux vivants de la planète. Marie est très curieuse d'observer une tortue géante qui passe pour être âgée de près de 300 ans, et d'en faire le portrait. Ce reptile chélonien aurait été capturé dans les îles Galapagos à la fin du XVIIe siècle, se nourrit chaque jour d'une quantité faramineuse de cœurs de salade, dort le reste du temps. Marie aimerait aussi visiter les fabuleux docks des British West Indies, les Antilles britanniques. On y découvre, paraît-il, une prodigieuse allée de mâts de vaisseaux qui se prolonge à l'infini, un inextricable fouillis d'agrès, d'espars, de cordages qui rappelle l'enchevêtrement des lianes d'une forêt vierge d'Amérique. C'est là que débarque l'innombrable armée de navires chargés de richesses somptueuses. Ivoire, canne à sucre, rhum, soie, cacao…

Éternelle curieuse, elle a soif de tout connaître, Marie ! La France, mais aussi les pays du monde entier. En attendant de les visiter, elle a fait passer une annonce dans la *Revue du Touring-Club de France* – elle y est abonnée – qu'elle lit et relit avec délectation en attendant d'en connaître le résultat : *Mlle M. Marvingt, 8, place de la Carrière, à Nancy (Meurthe-et-Moselle), désire échanger cartes post. ill. avec tous pays, timbrées d'origine.*

À Londres, Marie se propose de visiter le quartier de Chelsea, de contempler là-bas les paysages de la Tamise qui ont inspiré les deux grands peintres Turner et Whistler. Et puis elle pourrait aller d'un square à l'autre, traverser les points vitaux de la ville : Trafalgar Square, Picadilly Circus, Charing Cross, Hyde Park Corner. À tout instant, elle loue la formidable liberté que lui apporte la bicyclette ! En l'occurrence *Solidité*, son *cheval d'acier*.

Soudain, dans la rue très fréquentée, se présente sous ses yeux une étrange personne. Une pauvresse, appuyée contre un mur de briques, telle qu'en recèlent à profusion, paraît-il, les quartiers misérables de Londres. Marie, bien qu'infirmière, bien que familière des salles d'hôpital, n'a jamais vu de visage aussi tragiquement flétri. Quel âge a donc cette femme ? Plus de 80 ans, c'est sûr. Chapeau bosselé, châle effrangé, robe trouée, bottines râpées et déformées… Leurs regards se croisent. Celui de Marie interroge. Celui de la femme, une flamme qui vacille, est chargé d'un mélange de colère et de résignation. Marie est d'autant plus troublée qu'elle reconnaît en cette étrangère des traits physiques semblables aux siens. Profil grec. Silhouette mince à l'ossature importante, que certains qualifieraient d'hommasse. Les yeux : deux charbons ! Épaisse chevelure tirée en arrière, autrefois sans doute aussi noire que la sienne. La cycliste s'arrête, tire quelques piécettes d'une bourse logée dans son sac de toile, les laisse glisser dans le gobelet que la femme étreint de ses maigres doigts sales, se secoue pour échapper à la vision désagréable qui s'est incrustée dans son esprit, et reprend sa course rapide. Mais, à peine quelques secondes plus tard, les yeux écarquillés, elle freine d'un coup sec devant le 132, Fleet Street.

Une imprimerie présente une grande affiche en devanture. Et cette affiche, qui a attiré l'attention de Marie, montre un ballon aéronautique. Plus exactement celui dans lequel, en 1784, le jeune attaché de l'ambassade de Naples à Londres, Vincenzo Lunardi, effectua le premier vol sur le sol anglais. Et si Marie s'intéresse tant à cette affiche, c'est que le ciel l'attire. Une secrète fierté l'anime à l'idée que le premier vol humain fut français. Après l'invention des frères Montgolfier, c'est en 1783 que Pilâtre de Rozier, un Messin, et le marquis d'Arlandes effectuèrent la première ascension mondiale.

Les aérostats suscitèrent un véritable engouement dès la fin des années 1800. Les maires des communes souhaitaient qu'on les prévienne de leur passage afin que les habitants puissent jouir du spectacle. Et si l'engin se posait devant eux, les passagers, plus encore les passagères, étaient salués par une véritable ovation. Le ballon se mit à décorer des assiettes en faïence ou porcelaine ; des sabres de chasse ; des pendules ; des huiliers-vinaigriers ; des éventails ; des pommeaux de cannes ; des lustres ; des bonbonnières ; des pare-feu ; des étoffes ; des estampes, des peintures à l'huile et des caricatures ; des médailles ; des paravents ; des carreaux de mosaïque ; des pièces de mobilier : chaises, fauteuils, buffets, dessertes, tables, secrétaires, commodes ; des miroirs ; des bijoux : montres, colliers, bracelets ; du papier à lettres ; des théières ; des poudriers ; des boîtes à usages divers ; des presse-papiers ; des flacons de parfum. Quand ces objets n'en empruntaient pas la forme.

À son retour en France, Marie espère connaître, enfin, la date de sa première ascension en ballon. Elle a suivi le nombre de cours et de conférences requis pour être autorisée à effectuer un baptême de l'air. Le rendez-vous doit lui être signifié par une lettre de l'Aéro-Club de France. Fondée en 1898, cette association d'aviateurs, la première au monde, s'est donné pour but d'encourager la locomotion aérienne. Le tirage au sort lui désignera-t-il un bon pilote ? Un homme qui ne lui parlera pas comme à un enfant ? Qui saura lui épargner les épithètes de charmante, gracieuse ou ravissante ! Quelle expérience ce sera ! Marie, qui en attend beaucoup, frémit de bonheur.

Oh, bien sûr, ces équipées peuvent se terminer tragiquement ! Il est arrivé que les épouses de passagers, les attendant à terre, aient assisté à la chute vertigineuse du ballon. Et découvert un spectacle horrible. Cadavre de l'homme aimé gisant auprès de deux ou trois autres dans la nacelle, au milieu d'une mare de sang, d'un amas de chairs, d'intestins et de vêtements. Mais Marie casse-cou aime le risque et ne craint pas la mort. Elle est persuadée qu'une autre vie l'attend au bout de celle-ci.

Elle rejoint la Tamise et aperçoit aussitôt Westminster Palace, majestueux ensemble de style gothique. Jamais vu d'aussi vaste bâtiment, songe-t-elle. Les visiteurs peuvent-ils entrer dans les salles où siègent les Lords et les députés des Communes ? Il paraît que, lorsque retentit la sonnette électrique qui les appelle à voter, il leur arrive de surgir en bizarre appareil : en peignoir et pantoufles s'ils viennent du bain, à demi rasés avec une joue couverte de savon s'ils ont été surpris chez le barbier ! C'est ça, le flegme britannique !

La laissera-t-on entrer, femme seule, dans les restaurants, le bar et les fumoirs ? Elle en doute. Elle souhaite en tout cas pouvoir admirer Westminster Hall, la voûte de soixante-treize mètres de longueur sur vingt mètres de largeur supportée par des boiseries de noyer sculptées. Elle se souvient d'avoir lu que, lors de son couronnement, Richard II y reçut une tablée de dix mille convives assis très à l'aise, et servis par une nuée de laquais ! Marie aime la démesure, qui est une expression de la liberté. Elle sourit à l'idée de ces agapes monumentales quand, soudain, un cab tiré par des chevaux passe trop près d'elle. La grande roue arrière la frôle, la bouscule, la déséquilibre. Comble de malheur, la longue jupe de Marie se prend dans la chaîne de son vélo. Elle tombe sur le sol au milieu de voitures qui font un écart pour l'éviter. Reste inanimée. Un murmure passe dans la foule qui se groupe sur le trottoir. *Is she dead ?* demande une fillette à sa mère qui l'entraîne à toute allure pour la détourner de l'horrible spectacle. Est-elle morte ?

NANCY, SEPTEMBRE 1903

Le vent rugit si fort qu'il éveille en Marie des images de savane. Lions, tigres, éléphants… Mais la gazelle aux yeux tendres qui s'élance sur ses hautes pattes si fines, à peine un bruissement… La tempête qui se déchaîne sur la région a abattu hier des poteaux télégraphiques… Le paysage rappelait ce grand vase de M. Daum, époustouflant, admiré à l'exposition des artistes de l'école de Nancy, avec sa panse ornée d'un décor délicat aux arbres tourmentés par l'ouragan ! Le regard pourrait s'y perdre pendant des heures.

Et maintenant, il pleut à seaux ! Mauvais temps pour la bicyclette, regrette Marie. Mieux vaut aujourd'hui m'atteler à la couture !

Si elle avait porté à Londres une jupe-culotte semblable à celle qu'elle est en train de confectionner, peut-être cela lui aurait-il évité de tomber après avoir été frôlée par la roue du cab. Par chance, l'affaire se solda par quelques contusions, et il y eut plus de peur que de mal. Le lendemain, Marie a donc pu assister à la fameuse *Boat Race* ! C'est Oxford, bleu foncé, qui a gagné ! Et Cambridge a repris le dessus l'année d'après. Un vrai feuilleton.

D'un coup de crayon assuré, Marie modifie le patron acheté à la mercerie. Elle épure la forme, limite le flot de tissu. Quelles bêtises n'a-t-elle pas entendues sur la façon de se vêtir pour faire de la bicyclette ! Par exemple que la culotte serait devenue le costume de la *demi-mondaine*, tandis que les dames aristocrates auraient persisté à porter la jupe, plus *comme il faut* ! Elle en rit, Marie ! Et rit de ce qu'on dit d'elle et des regards désapprobateurs. Les critiques lui entrent par une oreille et sortent par l'autre, glissent sur sa peau comme une lame sur une cuirasse. Sa règle majeure, c'est l'exercice de sa liberté.

Partie en robe pour sa première ascension en montagne, celle de l'aiguille de l'M, Marie s'est tellement empêtré les jambes dans sa jupe, piétinant le bas de son vêtement à plusieurs reprises, qu'elle s'est juré de ne plus jamais récidiver. Elle se souvient avec bonheur d'avoir enfilé pour la première fois une culotte d'homme, semblable à celle de son cher guide Camille Ravanel, pour l'escalade de la dent du Géant. Le reflet renvoyé par le miroir lui plut infiniment. Chemise de flanelle, culotte et veste en tissu marron très épais, de grosses chaussures artistiquement ferrées par un Chamoniard, un feutre mou hardiment planté sur le crâne. À la sortie de Chamonix, deux mères de famille avaient détourné la tête, scandalisées par sa tenue. Et la tenue de ces femmes en corset, donc ! L'air d'avoir avalé un manche à balai. Bustes rigides et fesses projetées en arrière, elles ressemblaient à des S ambulants.

Qu'aurait-elle pu raisonnablement porter d'autre qu'une culotte pour l'ascension de ce sommet du massif du Mont-Blanc, si souvent contemplé lors de ses habituels séjours d'hiver dans la région ? Plus de quatre mille mètres d'altitude ! Comment, en jupe, aurait-elle affronté la tempête de neige qui les fit errer dans les séracs pendant sept heures interminables ? Et comment aurait-elle pu s'agripper de tout son corps à la roche tandis qu'un grimpeur de la cordée voisine glissait, menaçant d'entraîner le crampon de fer qui les retenait tous ?

Au sommet, un grand moment d'ivresse. Elle aurait voulu pouvoir monter plus haut encore. S'envoler vers le ciel. Elle a dû se forcer à redescendre. Au retour, elle avait trouvé sa devise : *J'ai le mal des hauteurs et n'en veux point guérir !*

Une carte postale, qu'elle dédicace avec générosité, reproduit la photo prise ce jour. On y lit : *Mlle Marie Marvingt et le guide Camille Ravanel au sommet de la dent du Géant (4 013 m d'altitude), 25 juillet 1903*. Photo serrée avec d'autres papiers précieux dans le sac de toile marron qui ne quitte jamais Marie. Ses amis chamoniards prétendent d'ailleurs, et elle ne demande qu'à le croire, qu'elle a été la première femme à gravir la dent du Géant. Elle a noté ses impressions sur le vif. Pourquoi ne pas en faire un article qu'elle proposera à l'une ou l'autre revue ? Elle a un joli brin de plume, disent ceux qui ont lu ses poèmes et ses nouvelles. Et le journalisme l'intéresse.

Quel lieu merveilleux, Chamonix ! Elle y retourne chaque année avec une joie ardente, sûre d'y rencontrer de nombreux amis. Ses ascensions périlleuses lui ont valu un surnom qui l'amuse beaucoup. M. Château-Thierry de Beaumanoir, un distingué collaborateur de *La Revue catholique*, l'a dénommée *la fiancée du danger* ! Outre l'ascension des pics, Marie pratique à Chamonix le patinage sur glace, le ski. Et quel amusement sur la toute nouvelle bicyclette à neige !

À propos de bicyclette, décide Marie qui a commencé à découper le tissu d'après le patron de papier, il faudra que j'aille un jour à Aurillac. À bicyclette. Ou en automobile, peut-être ?

C'est dans cette ville du Cantal qu'elle est née en 1875, et qu'elle a appris à nager. Félix, son père, y avait été nommé receveur principal des postes après avoir fui avec sa femme, Élisabeth, la Lorraine annexée en 1871 par les Allemands. Le couple avait été sérieusement éprouvé : trois garçons étaient morts encore au berceau. Élisabeth en restait très blessée. Chez Félix, sportif en diable, s'ajoutait la déception de n'avoir pas pu entraîner des fils dans son passe-temps favori. Il avait 48 ans quand Élisabeth lui apprit qu'elle attendait un autre enfant. Ce fut une fille, Marie ! Débordante d'énergie. Dominée par l'appétit de voir et de savoir. Qui ne demandait qu'à apprendre ce que son père pouvait lui enseigner. Qui le considérait comme un dieu vivant. Et cela n'a pas changé, songe Marie avec tendresse. Félix, son père, reste son meilleur compagnon. Après la natation, il l'a formée à marcher, à grimper dans les montagnes, à jouer au billard. Puis à pédaler sur un bicycle, avant la bicyclette, sans se soucier des observations offusquées du voisinage. Toujours avec la classe d'un professionnel et l'esprit de compétition. Sans jamais lui laisser la partie facile. En tout, il la poussait à se surpasser sans cesse. Au fil des années, elle l'a suivi avec un enthousiasme fanatique. Il dit qu'il a très tôt décelé en elle la possibilité de devenir une championne.

Et maintenant, Marie comprend que, si ses frères avaient survécu, c'est à eux d'abord que Félix aurait tenté de communiquer sa fibre et sa fièvre sportives !

Un garçon, Eugène, est né trois ans après Marie. Adorable, intelligent, généreux mais, hélas, chétif. Incapable de suivre sa sœur et son père en quelque sport que ce fût. Une crise cardiaque l'a emporté en 1897. Il avait 19 ans.

Marie soupire. Lève les yeux pour voir tomber la pluie qui tambourine sur les toits, grise et dense, et ruisselle sur les vitres. Il fait humide et froid. Marie craque une allumette. La glisse sous le tas de bois préparé dans la cheminée. Regarde la flamme s'élever, danser, image de la vivacité, de la force, de la légèreté, de la lumière qu'elle veut siennes, écoute la chanson du bois qui crépite d'allégresse.

Penser à son frère Eugène l'amène à évoquer le souvenir de sa délicieuse maman, Élisabeth, elle aussi disparue trop jeune. Une fluxion de poitrine l'a abattue huit ans plus tôt qu'Eugène. C'était en 1889. Marie l'aimait autant que son père, mais autrement. C'étaient des échanges pleins de douceur, qui s'appuyaient sur l'amour des autres, sur les arts et la littérature, parfois la politique. Élisabeth voyait l'avenir de sa fille à l'Université. Une idée incongrue, à l'époque ! Les femmes n'avaient pu accéder aux études universitaires qu'en 1880 ! Et les professeurs mâles ne leur épargnaient aucune humiliation.

C'est en 1880, justement, que la famille était retournée vivre à Metz. Il faudra que j'interroge papa, songe Marie. Pourquoi, lui si patriote, a-t-il choisi de revenir dans cette ville alors rattachée à l'empire allemand ? Chef-lieu du Bezirk Lothringen, le district de Lorraine, répète-t-elle comme si, encore à l'école, elle répondait à une question. Marie avait dû y suivre un enseignement en allemand, ce qui, d'ailleurs, l'avait plutôt amusée. Ainsi était apparue sa vive faculté à apprendre les langues étrangères. Puis, à la mort d'Élisabeth, Félix, alors âgé de 62 ans, avait décidé de déménager à Nancy, restée française.

Marie se souvient de sa douleur, de son désarroi. Non seulement elle perdait sa maman si douce mais, obligée de quitter le pensionnat Sainte-Chrétienne de Saint-Vincent, l'école de Metz où elle n'hésitait pas à scandaliser les bonnes sœurs, elle devenait responsable du bien-être de la famille. Ce n'était pas tant le souci du ménage qui lui pesait, même si Félix à l'époque s'était refusé à engager une bonne, selon l'habitude autour d'eux, mais l'idée qu'elle devait répondre du bonheur de son père et de son frère. Comment venir en aide à Félix, déboussolé, et à Eugène, de santé toujours plus fragile ? Comment désagréger le nuage de tristesse qui planait en permanence dans l'appartement nancéien, pourtant agréable, où ils avaient emménagé ? Félix l'avait sauvée en la poussant à prendre son canoë jusqu'à Coblence. Elle en était revenue plus légère, sûre de savoir se débrouiller seule en toutes circonstances. Ensuite, en quête d'un peu de joie, Félix avait amené ses enfants au cirque.

Deux grands cirques plantaient régulièrement leur chapiteau à Nancy, tantôt Piège, tantôt Rancy. Marie aimait autant l'un que l'autre. Chaque représentation bientôt la retrouva assise au premier rang, les yeux écarquillés, battant des mains aux prouesses des gymnastes et des écuyères. *Oh ! la vision de ces jeunes filles souples et légères, filant à travers la piste pour bondir, pour voler plutôt, sur le dos du gros cheval blanc ou gris pommelé qui devenait aussitôt le piédestal mouvant de leur grâce et de leur triomphe !* se souviendra-t-elle plus tard. Marie en rêvait la nuit. Un matin, elle supplia son père de lui permettre d'aller au cirque avant l'heure de la représentation pour y prendre une leçon. Elle dut être persuasive ! De plus, Félix ne demandait qu'à la gâter, à plus forte raison s'il s'agissait de sport !

Déjà une gymnaste accomplie, elle devint tour à tour jongleuse, funambuliste, cascadeuse, trapéziste – en robe longue ! –, et se fit chaudement applaudir pour un saut périlleux sur le dos d'un cheval au galop. Qu'elle aime la sensation de faire corps avec son cheval ! Elle monte à califourchon, bien sûr ! Et non pas en amazone, *avec la jambe droite légèrement fléchie en arrière pour que la pointe du pied ne fasse pas sous la jupe une saillie trop apparente*, comme l'enseignent les professeurs à leurs *charmantes* élèves du bois de Boulogne. Quel ridicule !

Et elle en rit, Marie, tout en lissant le tissu qu'elle continue à découper avec soin. Bientôt reprend la ronde des souvenirs.

C'est à la mort d'Eugène que Marie, telle était sa douleur, a compris qu'il valait mieux s'inventer la force de vivre seule. N'avoir ni mari ni enfants qui pourraient la faire trembler pour leurs jours. Et d'ailleurs, une idée qui s'imposa avec vigueur, un homme supporterait-il de la laisser se conduire comme elle l'entend ? Or, rien ne lui importe autant que sa liberté absolue. Un mari aurait-il par exemple accepté de la voir partir en ballon s'il n'était pas lui-même aéronaute ?

L'amour des aérostats lui est venu en 1899.

Félix et Marie vivaient dans une pesante atmosphère de deuil, où chacun de son côté tentait de combattre son chagrin. Un soir, elle dessinait, et lui lisait la *Revue du Touring-Club*, lorsque soudain il s'exclama : On annonce une 2e Exposition Internationale d'Automobiles, semblable à celle de l'an dernier à Paris ! Ce sera au jardin des Tuileries, en juin. Marie dressa l'oreille car elle venait d'obtenir son certificat de capacité. *Nous engageons vivement nos sociétaires qui s'intéressent aux progrès de la locomotion automobile*, lut alors Félix, *à fixer à cette époque leur voyage à Paris de façon à pouvoir rendre visite à cette exposition qui sera, assurément, fort belle.* Si on y allait, ma petite Marie ? Ça nous changerait les idées !

Elle accepta avec d'autant plus d'entrain qu'elle n'avait jamais visité la capitale. Juin venu, ils enfourchèrent leurs bicyclettes. Trois cents kilomètres et quelques ne les effarouchaient pas. Ils retrouvèrent l'allégresse dans la joie de l'effort commun et du compagnonnage affectueux.

Paris emballa Marie. La vie y était bouillonnante. Les cafés étaient bondés. Les gens avaient l'air joyeux. Il y avait cette drôle de tour Eiffel, demoiselle de dentelle, qui faisait un drôle d'effet. Ils étaient allés presque tous les soirs au spectacle : théâtre, concert, cinéma. Et le clou du séjour avait bien sûr été l'exposition dans le jardin des Tuileries, où il régnait une gaieté folle. Quatre orchestres se disputaient l'espace.

Le nombre d'automobiles, mot dont on discutait du genre, et le masculin semblait devoir l'emporter – *un automobile* –, témoignait d'une fièvre d'invention. Les véhicules électriques s'imposaient par le nombre, mais le moteur à pétrole résistait. Le premier jour, Marie et Félix assistèrent, emballés, à des courses de vitesse, puis d'adresse, puis admirèrent la fameuse voiture électrique la *Jamais-Contente* qui fit du 100 à l'heure, puis un splendide défilé fleuri automobile accompagné d'une bataille de fleurs. Cependant, ce qui les intéressa le plus, ce fut la course de ballons ! Ayant réussi à se frayer un passage sur la terrasse de la Petite-Provence pour assister à la Coupe des aéronautes, ils purent détailler à la perfection les aérostats et les manœuvres. Le cœur de Marie battait d'excitation et de frustration. Qu'elle aurait aimé prendre place à bord du *Malgache* ou du *Volga*, nanti celui-ci d'une passagère ! Tu sais quoi ? avait dit Félix. Il est trop tard pour s'inscrire aux ascensions en ballon libre, mais on va tenter notre chance sur le ballon captif ! Jamais à bout de ressources, ce cher papa !

De fil en aiguille est enfin arrivé ce jour, peu après son retour de Londres, où Marie a eu la grande joie de devenir aéronaute. Et le ballon est devenu une passion. Pour sa première excursion aérienne, elle a eu la chance de partir avec le pilote Georges Blanchet. Il faut dire qu'elle était une passagère avantageuse, d'un poids inférieur à celui de bien des messieurs... Elle n'oubliera jamais ses premières impressions. Quel bonheur de s'installer dans la nacelle, d'observer les manœuvres, d'aider à les réaliser ! Puis, lorsqu'ils s'étaient élevés au-dessus des cheminées des usines, elle avait éprouvé cette griserie spéciale qui s'emparait d'elle quand elle gravissait les pics montagneux ! Quel ravissement d'observer le paysage lilliputien qui se déroulait sous ses yeux, comme créé pour amuser les enfants ! Et de distinguer le fond de la Seine !

Au grand soulagement de Marie, Blanchet fut un pilote fort agréable, très courtois, qui ne la regardait pas de haut. C'était un homme sensible, aux talents multiples. Peintre, homme d'affaires, grand sportif, bon technicien, vulgarisateur scientifique dans la presse. Ils s'entendirent à merveille. Plus tard, elle apprécia aussi Ernest Barbotte, dont l'épouse était également aéronaute, et Édouard Bachelard, technicien fort estimé dans le milieu aéronautique. Les trois B, ainsi qu'elle les appelait. Mais son préféré reste Blanchet.

Elle sursaute. Perdue dans ses rêveries, elle n'a pas entendu la porte s'ouvrir. Voici Félix, son bon sourire aux lèvres. Chargé de fruits et de légumes qu'il vient d'acheter au marché. Trempé. Heureux de pouvoir se réchauffer devant la cheminée. Marie se lève d'un bond, va préparer le déjeuner. Le soleil est de retour ! crie Félix. Une chance ! répond Marie. Sitôt le repas avalé, elle enfile sa veste, dévale l'escalier, enfourche sa bicyclette, tout en se réjouissant de la nouvelle leçon qui l'attend. Aujourd'hui, elle va enfin réaliser l'un de ses rêves d'enfant : apprendre à conduire une locomotive ! Wouff !

PARIS, JUILLET 1906

Voici à nouveau Marie lancée sur *Solidité*, au long de la route Nancy-Paris. Rattrape-t-elle un cycliste qui va dans le même sens qu'elle ? Elle est heureuse de bavarder sur quelques kilomètres, quitte à ralentir son allure.

Seule, elle rumine un fait qui lui paraît scandaleux. Aristide Briand, ministre de l'Instruction publique, a souhaité que la talentueuse actrice Sarah Bernhardt soit décorée de la Légion d'honneur pour avoir propagé l'art et les chefs-d'œuvre français à l'étranger. Or, le conseil de l'Ordre de la Légion d'honneur s'y oppose avec virulence. Motif : la *vie mouvementée* de Sarah. Marie fulmine. Il est vrai que Sarah a eu un enfant avec le prince de Ligne, et qu'elle collectionne les amants. Mais combien d'hommes, pères de famille, ont reçu cette haute décoration alors qu'on leur connaît nombre de liaisons ? Dont ils se vantent, en plus ! Homme ou femme, seul le mérite ou le talent devrait compter. Ou bien, si l'on considère la vie privée, que la même règle vaille pour les deux sexes !

Félix partage l'avis de Marie.

Il n'a hélas pas pu l'accompagner à Paris. Pour la première fois de sa vie peut-être, le cher papa est tombé sérieusement malade. Le bruit de sa toux retentissait jour et nuit. Ça ne guérissait pas. Marie a failli renoncer à la course qui l'attirait dans la capitale, la *traversée de Paris à la nage*. À tel point que, n'étant pas sûre de pouvoir participer – mais l'état de Félix a fini par s'améliorer –, elle a demandé au journal *Les Sports*, qui organise cette belle compétition, de ne publier son nom qu'au dernier moment. *La Dépêche* a alors aussitôt rebondi : *Mlle Marvingt, universellement connue des sportsmen, quitte ses excursions alpinistes pour participer à la traversée de Paris à la nage.*

Marie n'est pas mécontente de compter aux yeux de la presse. *Universellement*, en plus ! Cette reconnaissance lui montre la réussite de son combat, qui est de parvenir à égaler les hommes.

Cependant ses propres tentatives pour pratiquer le journalisme n'ont obtenu qu'un succès médiocre. Les équipes de rédaction sont des bastions masculins impossibles à infiltrer. Ces messieurs l'accueillent avec le sourire et des courbettes, lui passent la brosse à reluire, lui donnent espoir mais cela reste sans suite et après, lorsqu'elle rencontre l'un d'eux au cours d'une réception, il fait semblant de ne pas la reconnaître. Ou bien la salue d'un ironique : Voici notre distinguée confrère !

Pourtant, elle est sûre d'avoir écrit un bon texte pour relater son ascension de la dent du Géant. La preuve, la Section des Alpes Maritimes du Club alpin français l'a invitée à faire une conférence, ce qui lui valut cette appréciation dans la revue *La Montagne* : *Mlle Marie Marvingt, de Nancy, qui débuta l'an dernier dans l'alpinisme par d'étonnantes prouesses, exposait dans un style très littéraire et avec un charme tout spécial ses impressions à la dent du Géant (4 013 m.).* Elle a aussi bien fait rire l'assemblée en contant sa toute première escalade, celle de l'aiguille de l'M, lorsque ses compagnons, ayant laissé les sacs en contrebas, s'aperçurent à leur retour que des choucas avaient vidé une boîte de foie gras !

La Revue du Touring-Club a publié ses photos prises pendant l'ascension de la dent du Géant mais a refusé son texte, *malheureusement un peu long pour être reproduit dans la revue*, et les a assorties de compliments pour faire passer la pilule, dont celui-ci qui la touche beaucoup : *Nous avons plaisir à citer ces prouesses d'une Française, en ces jours où tant d'étrangères font retentir de leurs exploits les colonnes de nos journaux sportifs.*

Non, Marie n'abandonnera pas son projet d'écriture ! Elle frappera à toutes les portes jusqu'à ce que l'une s'entrouvre. Marie casse-cou tient en effet un journal intime qui comporte une réserve de récits. Notamment celui d'août 1905, quand elle a fait dans la même journée – une journée double ! songe-t-elle – la traversée en col des Charmoz et du Grépon. Deux guides très sympathiques, homonymes, l'accompagnaient : Gustave Payot et Édouard Payot, ce dernier encore auréolé par sa performance de 1897, lorsque les guides du mont Blanc avaient organisé entre eux une course aller-retour au Brévent.

Sur la demande de Marie, Édouard lui a narré sa victoire par le menu, durant les pauses de cette longue journée qui a démarré un matin à 2 h 30 au Montenvers, sur la mer de Glace. Ils ont atteint le Rognon à 4 h 30, le sommet des Charmoz à 9 heures. Ensuite à 11 h 30, à la cheminée Mummery, l'excursion aurait pu mal finir : il s'en est fallu de quelques centimètres qu'ils ne fussent pulvérisés par une roche d'environ dix mille kilos qui s'était détachée ! Tournez à droite, couchez-vous ! avait hurlé le guide. Son cri aigu retentit encore dans l'oreille de Marie, tandis qu'elle pédale vers Paris… La chance était avec eux. Le mastodonte les effleura sans les toucher. Lorsqu'elle se releva en tremblant, Marie eut la sensation très nette que l'aile de la Mort l'avait frôlée. Mais il fallait continuer. Après avoir réussi à se hisser à la corde lisse dans l'étroite fissure de la cheminée, ils atteignirent le sommet du Grépon à 15 heures environ, bien sûr sans se douter de ce qui les attendait au CP : un orage qui faillit les électrocuter… Il ne faudra pas oublier d'expliquer la raison de ces initiales quand j'écrirai l'article, songe Marie. Ce sont celles des guides Jean Charlet et Prosper Payot, qui se sont arrêtés à ce point lors d'une tentative d'ascension. Ils ont peint les lettres CP pour indiquer jusqu'où ils étaient allés. Bref, l'équipe de Marie joignait le Rognon à 18 heures, puis retour à Montenvers à 20 h 30. La boucle était bouclée. Le record était gagné. Quelle fête, ensuite ! L'autre sport préféré des Chamoniards…

De plus, cet exploit, réalisé jusque-là par deux hommes seulement, survenait juste après l'ascension par Marie, la semaine précédente, de la Trélaporte, l'une des aiguilles les plus difficiles de Chamonix. En jupe-culotte, ainsi qu'on le voit sur une photo ! Au fond, c'est la montagne qui lui a donné l'âpre désir de l'air, l'amour du voyage en plein ciel. Et elle lui en sera toujours reconnaissante !

Marie a bien roulé. Toul et Ligny-en-Barrois sont derrière elle. À Saint-Dizier, la récompense ! Peu après midi, elle prend avec délectation un chemin qui traverse un petit bois touffu, vers la Fontaine Marina. Très vite apparaissent les bassins des sources, surmontés de rocailles en forme d'animaux fantastiques et de têtes humaines grotesques, un kiosque à musique en bois, des bancs et des sièges taillés dans des troncs d'arbre encore enracinés dans le sol. Plus tard, l'air retentira des cris des gamins lancés sur les balançoires, de la musique jouée dans le kiosque. À présent, seul un couple de vieux mariés, attendrissant, occupe un banc. Marie échange avec eux des propos sur les qualités ferrugineuses de l'eau de la source, emplit sa gourde et se remet en selle. Il y a bien longtemps qu'elle n'a pas pu s'arrêter à la Fontaine Marina !

Mais que l'année 1905 lui a laissé de jolis souvenirs ! Premier prix de périssoire debout à Étretat, contre sept concurrentes. Puis, c'est au volant d'une automobile que, partie du col de Bussang, où elle avait jeté un sou dans la source de la Moselle, Marie avait atteint Aurillac le soir même. Un sympathique professeur de sciences et son épouse l'accompagnaient, munis d'un pique-nique savoureux. Elle a retrouvé avec émotion le pays de sa petite enfance, rencontré des gens qui avaient connu ses parents, qui se sont attristés d'apprendre la mort d'Élisabeth et d'Eugène, et ont paru émerveillés de la voir devenue *célèbre*.

Quant à l'année 1906, elle a démarré très fort ! songe Marie en abordant la Champagne humide et bocagère, sur la route de Paris. En avril, ayant lu dans la presse, plusieurs jours de suite, des nouvelles alarmantes de l'éruption du Vésuve, elle a pris sa bicyclette et s'est rendue à Naples. Curieuse de voir, et désireuse d'aider. Comment ne pas être impressionnée par les torrents de lave incandescente, les pluies de cendres noires qui plongeaient les villages dans l'obscurité et chassaient les habitants de leurs maisons ! Elle avait emporté son brassard de la Croix-Rouge, son matériel médical, et soigné quelques affligés. Têtue, elle a tenu absolument à tenter l'ascension du volcan, en est revenue à demi rôtie, car elle avait tenu à prélever des échantillons de gaz. À son retour, une bonne âme de Nancy, apprenant son escapade italienne, l'a traitée de *tête brûlée.* Cette personne pensait-elle faire de l'esprit ?

Marie a abrégé la conversation, pressée de filer au déjeuner de clôture, présidé par le ministre de la Guerre, du 13e Concours international de tir, qui s'est tenu à Nancy cette année. Elle adore ces grands banquets, y fait des rencontres passionnantes. Cette fois, c'étaient des gens qui n'étaient jamais venus en Lorraine, auxquels elle a vanté les charmes de Nancy. Marie, que *L'Est Républicain* dénomme à présent *l'intrépide Mlle Marvingt,* a remporté le chardon du concours, insigne du maximum, mais espère améliorer son score.

Vitry-le-François, Sézanne… Maintenant, il s'agit de pédaler assez vite, malgré le soleil qui tape, pour avoir le temps de bien se préparer à l'épreuve de natation à Paris.

Quel mécanisme du cerveau fait donc surgir les souvenirs ? Marie se revoit, à 5 ans, à Metz, manquant de se noyer. Félix par bonheur veillait sur elle. Mais cela n'a pas entamé son enthousiasme. Les sports de l'eau développent admirablement le corps féminin, estime-t-elle. Vigueur, grâce, élégance… Pourquoi tant de personnes ne le comprennent-elles pas ? Chacun, chacune, devrait savoir nager.

Voici le grand jour, dimanche 29 juillet 1906 ! La traversée de Paris à la nage se déroule pour la deuxième année. Cette épreuve-ci, réservée aux amateurs, suit celle des professionnels. En natation, comme en tout autre sport, on appelle « amateur » une personne qui n'accepte que des prix constitués par des objets d'art. Ce qui ne déplaît pas à Marie. On a l'âme artiste, dans la famille. Une gravure sur bois de Félix a été exposée au Salon parisien des artistes vivants à la fin des années 1850. Tous deux ne manquent pas une exposition sur l'Art nouveau, dont Nancy est le fer de lance. Bien, mais avant de gagner un trophée, songe-t-elle, il faudra nager les douze kilomètres qui séparent le pont National du viaduc d'Auteuil.

Rendue à 7 h 30 précises sur le pont National ainsi que les organisateurs l'en ont priée, Marie rencontre les autres concurrents sous un ciel bleu pâle de bon aloi. Ils sont dix-huit, dont quatre nageuses. Mines assurées, sourires et poignées de main sont de mise. Sept nations ont envoyé leurs représentants : l'Angleterre, l'Autriche, la Belgique, la France, la Hollande, l'Italie et la Suisse. Ces athlètes ne se sont pour la plupart jamais mesurés entre eux. Aussi la lutte promet-elle des surprises. Marie est la première Française à participer à la compétition. Les trois autres nageuses sont : Mme la baronne Walburga de Isacescu, Autrichienne aux mèches déjà grisonnantes, qui a tenté la traversée de la Manche ; les deux sœurs Robert, Marthe et Cécile, Suisses, deux belles filles qui ont accompli dans le lac de Neuchâtel des exploits dont peu d'hommes – certains ont abandonné en route – peuvent se vanter.

L'Aurore, L'Intransigeant et d'autres journaux présenteront ainsi les concurrents mâles : *Jarvis (...) fait sensation par sa forte musculature. D'ailleurs la caractéristique de la plupart des concurrents est une corpulence au-dessus de la moyenne. Le plus gras et le plus gros est le Hollandais Meijer ; le Français Lafargue, le Hollandais Ooms sont également très corpulents. Décidément il ne faut pas conseiller la natation aux personnes qui désirent maigrir. Cependant, les Italiens font exception ; ils sont minces et ils ont le corps si bronzé qu'on les prendrait pour des mulâtres.*

Les quais sont déjà noirs de monde. La plupart des gens s'asseyent à même la berge poussiéreuse, y compris ceux en habit du dimanche, hommes en redingote et haut-de-forme, dames en jupe blanche et corsage de mousseline.

On invite les sportifs à se rendre dans les quatre tentes rayées rouge et blanc, deux pour les hommes, autant pour les femmes, mises à leur disposition afin de se dévêtir, oindre leur corps d'huile, prendre leurs dernières dispositions, revêtir un maillot de bain, un peignoir et un bonnet en caoutchouc. Marie ignore encore que la couleur de son maillot lui vaudra le surnom d'*amphibie rouge*.

Un canot est attribué à chaque nageur. Il bat pavillon de la nation de son concurrent et porte à l'arrière son numéro peint noir sur blanc, le 19 pour Marie, un numérotage par ordre alphabétique des nations. À bord se tiennent un rameur en costume blanc, ceinture rouge, un sauveteur et un soigneur. Les canots emportent chacun son athlète vers le ponton de départ, une péniche décorée de drapeaux et d'oriflammes. Marie se prépare mentalement à sauter au plus vite. Les photographes braquent leurs appareils. À 8 h 30, au signal donné avec un drapeau rouge par le starter et appuyé d'un coup de pistolet, les nageurs rejettent leur peignoir et s'élancent en ligne dans le fleuve, salués par une salve de bravos. C'est à présent chacun pour soi. Et Marie, la grande amie de l'onde, est grisée de fendre le flot, d'entendre l'eau clapoter, même si la surface paraît assez glauque… Tant de femmes encore poussent des cris d'effroi à son contact au lieu de chercher à l'apprivoiser.

L'harmonie du *Journal*, sur le bateau de la Compagnie générale des Bateaux-Parisiens, se place en tête de la course et joue une marche entraînante. Une autre embarcation transporte les journalistes et les invités de marque. Une foule de canots automobiles et de yachts chargés de monde sillonne la Seine. Ponts et quais débordent de spectateurs qui encouragent les nageurs, et les fenêtres des maisons sont envahies par des observateurs munis de lorgnettes. Un soleil radieux brille dans le ciel pur. Il fait déjà très chaud.

Au pont de Tolbiac, les nageurs sont à peu près encore en ligne, mais bientôt Marie voit l'Anglais Jarvis, le rude gaillard en maillot bleu, s'éloigner à une allure foudroyante. Le groupe des Italiens le suit, talonné par la jeune Marthe Robert, 16 ans et demi, paraît-il. Tendue dans l'effort, Marie aperçoit cependant les baigneurs des établissements de bains qui sortent la tête et les bras, crient, applaudissent, et les pêcheurs qui, eux, semblent peu satisfaits de tout ce brouhaha.

Jarvis a disparu de son horizon. Elle ne terminera pas en tête mais espère un bon classement. Là-dessus, comble de malchance, une péniche l'oblige à faire un large détour. L'incident est constaté par le commissaire mais cela lui fait une belle jambe : de précieuses minutes sont tombées à l'eau. Marie reprend sa course avec rage, toutefois n'arrive pas à rattraper le temps perdu, ni les sœurs Robert.

Elle s'acharne. À part les morceaux de sucre, vite avalés, elle refuse les vivres tendus par le soigneur. Que l'eau est sale, comparée à celle de ses rivières lorraines ! Nauséabonde, à vrai dire. Morte et plate. Marie apprendra plus tard que les barrages ont été hermétiquement fermés pendant quinze jours, de manière à conserver assez d'eau pour la course.

Encouragée par les applaudissements des spectateurs, par le rythme des rames qui battent l'eau, elle finit par apercevoir le viaduc d'Auteuil, et trouve une nouvelle force. Voici les deux bouées rouges entre lesquelles il lui faut passer pour que le chronométreur officiel note son temps. Elle peste à la vue de Jarvis paradant sur la tribune – il a pu s'habiller au bateau-vestiaire avant l'apparition des autres nageurs –, mais admire sa performance. Et son cœur bat d'émotion lorsque *La Marseillaise* salue son arrivée. Derrière elle, nagent encore le Suisse Imhof et la baronne autrichienne, elle ne saurait dire à quelle distance. Elle file s'habiller et revient aux nouvelles. Quatre heures, onze minutes et vingt-trois secondes. Elle est quinzième…

Jarvis a dominé la course avec un temps record de deux heures et quarante-deux minutes. Chacun s'émerveille car il a battu de près de vingt-quatre minutes le nageur survenu en tête des professionnels. Des bougons, qui admettent difficilement la suprématie des amateurs, évoquent une sombre histoire d'écluses. Les deux sœurs Robert ont, elles aussi, battu le record des professionnelles, la *sirène australienne* Miss Kellermann et l'Autrichienne Rosa Frauendorfer arrivées ex æquo après un duel sans merci. L'Italien Amatori a dû abandonner à quelques centaines de mètres du but, au pont Mirabeau, pris de violentes nausées pour avoir avalé un énorme bouillon dans un remous. Ah, l'hymne autrichien éclate ! Voici enfin la baronne de Isacescu, avec un temps de cinq heures, vingt minutes et quarante secondes, dix-septième et dernière. Une performance qui mérite cependant le respect.

Et maintenant, le banquet, bien mérité ! Nageurs et organisateurs se retrouvent autour d'une vaste table du restaurant Darras, avenue de Versailles. Après le combat, on lie connaissance : l'Anglais Jarvis, peintre décorateur, a pratiqué un entraînement spécial en vue de la course ; le Hollandais Ooms est employé d'administration ; le Belge Maas, armateur ; le Gênois Rossi, particulièrement épuisé, employé de banque ; le Romain Altieri, surnommé le roi du Tibre, journaliste à *La Vita* ; le Milanais Cattaneo, restaurateur ; le dernier Italien, Amatori, qui a dû capituler alors qu'il se classait parmi les premiers, mécanicien ; les sœurs suisses Robert, ouvrières horlogères, filles d'un professeur de natation ; la baronne de Isacescu, au sourire aimable, a juré de ne pas renoncer au bonnet de caoutchouc avant d'avoir traversé la Manche. Du côté français, Marie échange ses impressions avec Dubois, comptable ; Theuriet, étudiant en droit, neveu de M. André Theuriet, de l'Académie française ; Lafargue, propriétaire d'un commerce de chaussures à Bayonne. Lafargue a nagé de Saint-Jean-de-Luz à Biarritz en onze heures et demie, dont huit contre le courant. Mais sur la Seine, il est arrivé quatorzième, juste avant Marie. Quant à elle, elle relate sa traversée du lac de Genève.

Les discours abondent. Jarvis révèle, en anglais, qu'il vient de gagner son centième championnat. La course la plus longue qu'il ait jamais disputée. Son intention est de se retirer du sport actif. Je suis un vétéran, j'ai déjà 34 ans, dit-il. Et moi 31, songe Marie. S'il fallait s'arrêter pour si peu !

Les jours suivants, elle examine la presse avec attention. Les articles parlant d'elle sont le plus beau cadeau qu'elle puisse rapporter à Félix. Ils ont ensemble le projet de les coller dans un album pour qu'ils ne se perdent pas. Deux albums seront peut-être nécessaires.

Le Journal publie une bonne photo. Raie au milieu et petit chignon relevé sur le sommet du crâne, Marie a l'air très déterminée. Sur une autre, on voit tous les nageurs plonger. Marie relève aussi des articles et des photos dans

Le Radical, *L'Aurore*, *La Petite République*, *La Lanterne*. Quant au quotidien *Gil Blas*, il lui consacre un papier, intitulé *L'Ève moderne* :

Mlle Marvingt, la première Française qui ait traversé Paris à la nage, est une femme extraordinaire.

Sportswoman de premier ordre, elle ne s'est jamais spécialisée et pratique avec une égale maestria, l'alpinisme, l'escrime, l'équitation, le cyclisme, la gymnastique et… le jiu-jitsu.

Ajoutons que Mlle Marvingt étudie actuellement la médecine à Nancy et que son plus grand bonheur est de jouer la tragédie. Des artistes de nos principaux théâtres lui ont donné maintes fois la réplique dans des fêtes de bienfaisance.

En plus, elle s'adonne à la littérature.

Mais la physionomie réjouie de Marie se fronce de colère à la lecture de la dernière phrase, plutôt cavalière : *Mlle Marvingt pratique également la peinture et connaît la philosophie, mais nous serions fort étonnés qu'elle sache faire cuire une omelette !*

Je lui tordrais le cou, à celui-là, si je l'avais sous la main ! fulmine-t-elle. Car l'un de ses grands-pères était cuisinier et, entre deux ascensions, elle a obtenu un premier prix de cuisine ! De plus, jamais aucun journaliste ne se permettrait, même si c'est avéré, d'accuser un sportif de ne pas savoir planter un clou !

Son heure de gloire attend Marie le 10 décembre, dans le grand amphithéâtre de la Sorbonne. Des récompenses sont distribuées aux gagnants de diverses épreuves de toutes sortes organisées avec le concours de journaux, en présence du ministre de la Marine, du préfet de la Seine, du gouverneur militaire de Paris, et d'une foule de trois mille spectateurs. Mlle Marie Marvingt, *la première nageuse française qui a traversé Paris à la nage*, est l'une des personnes les plus applaudies. On lui sait gré d'avoir prouvé devant cinq cent mille admirateurs que les étrangères ne sont pas seules à se lancer dans des courses de natation. D'être la première compatriote ayant eu l'audace d'accomplir une pareille traversée. Champagne !

TOUR DE FRANCE, JUILLET-AOÛT 1908

Marie s'amuse à l'avance de la revanche qu'elle s'apprête à prendre. Imaginez-vous qu'on a refusé sa participation au sixième Tour de France, car c'est – une expression qui fait monter sa colère comme la mousse d'une bière pression – *réservé aux hommes* ! Eh bien, elle va montrer envers et contre tout qu'une femme peut être aussi capable qu'un homme ! Elle fera le parcours toute seule ! Tu es folle, lui disent amies et cousins, tu n'arriveras pas au bout, tu risques l'accident, tu es à la merci d'une chute malheureuse, de nuit en plus. Elle ne les entend pas. Je décide de faire mieux, encore et toujours, se pique-t-elle. L'important, c'est d'aller toujours de l'avant.

Elle sait qu'elle n'aura pas droit, à l'égal des coureurs, aux encouragements et aux bravos crépitants de la foule, ni aux buffets volants et aux soins douillets offerts aux contrôles, ni aux belles réceptions officielles, ni aux prix, primes et médailles, ni aux ovations dévolues aux régionaux de l'étape, ni à l'aide d'aucun membre de l'armée de soigneurs et de mécaniciens, et qu'aucun aubergiste n'attendra son apparition en lui ayant mitonné sa meilleure daube. Mais elle s'en moque. Plus exactement, elle s'en contrefout. Ce qui lui manquera, ce sera juste de n'avoir pas à batailler contre les autres. Puisqu'ils ne veulent pas d'elle avec eux, elle prendra le départ sans eux, et même avant eux. Elle sera l'éclaireur. Aligner près de cinq mille kilomètres à raison de trois ou quatre cents par jour toutes les quarante-huit heures, cela ne lui fait pas peur. Et en apéritif, elle déguste un Nancy-Paris ! Dès son arrivée, elle achète le quotidien *L'Auto*, organisateur de l'événement, qui a promis à ses lecteurs tous les détails sur le Tour de France. Et pour cause : c'est Henri Desgrange, le rédacteur en chef du quotidien, qui en a eu l'idée superbe en 1903, ce qui a bien augmenté les tirages du journal ! Les itinéraires, Marie les a déjà mémorisés : ce sont les mêmes que l'an dernier. Et les affiches de direction auront déjà été posées au long du trajet.

Le 13 juillet, Mlle Marvingt se présente donc place de la Concorde alors que l'aube pointe à peine. Paris sommeille, mais des noceurs titubants et dépenaillés rentrent se coucher, mais des employés décorent de drapeaux la grille de l'Obélisque. Ici se fera l'appel des coureurs. C'est la cohue, malgré les nuages menaçants. Les crieurs de *L'Auto* font des affaires en or. On lit le journal à la lueur falote des becs de gaz ou auprès des lanternes de taximètres automobiles. Sans s'attarder, Marie s'engage sur les Champs-Élysées et s'élance vers le pont Bineau, d'où cent quatorze *géants de la route* venus de France et de cinq autres nations, des *durs à cuire* moustachus, espérant chacun gagner la première place, prendront le vrai départ de l'étape Paris-Roubaix. Après elle.

Une foule nombreuse converge déjà vers les bords de la Seine pour acclamer les *rois de la route*. On dévisage avec surprise cette personne bizarre, Marie, en tenue de course et à la casquette gonflée d'un chignon, harnachée de deux chambres à air, formant un huit, qui passent sous les aisselles et autour de la nuque. Vous avez vu ? On dirait que cette personne a de la poitrine. C'est quoi, ça ? entend-elle. Et pouffe de rire. Ce qui manque de la faire déraper sur les pavés de Gennevilliers. Mais l'ancienne écuyère de cirque connaît tous les secrets de l'équilibre !

Le vent, presque froid, souffle dans le dos de Marie jusqu'à Roubaix, et les deux cent soixante-douze kilomètres passent telle une lettre à la poste. Elle a préféré rouler prudemment, privilégier la sécurité. Elle pourra se soigner si elle se blesse, remédier aux crevaisons, devra cependant chercher de l'aide s'il faut remplacer le guidon ou une pédale. Ne parlons pas de malheur ! La coureuse sans dossard passe avec bonheur sous la banderole qui signale la ligne d'arrivée. Au sommet des mâts, une foule de drapeaux claquent au vent comme pour saluer son exploit. La rue est noire de monde. Les *cracks* ne vont pas tarder.

Mais voici ceux auxquels elle veut dire deux mots. M. Henri Desgrange, rédacteur en chef de *L'Auto* et fondateur du Tour, et le gros Robert Desmarets, journaliste de ce quotidien, descendent de la somptueuse voiture à pétrole Regina Dixi, pneumatiques Dunlop, qui les a transportés sur ses coussins moelleux. Bonjour, Messieurs ! lance Marie, les poings sur les hanches. Ils la considèrent avec curiosité. Oui, vous ne pouvez pas me reconnaître ! Je suis Mlle Marie Marvingt. Je vous ai demandé l'autorisation de participer au Tour de France. Vous me l'avez refusée. Eh bien, je viens quand même d'effectuer Paris-Roubaix, et sans aucune difficulté. Des balbutiements froids lui répondent. Ah oui ? Belle performance, Mademoiselle ! Excusez-nous, les champions vont arriver.

Elle n'en espérait rien de mieux, à vrai dire, se souvenant d'un éditorial du même Desgrange en 1904 :

Il n'est point d'être plus odieux que ce que l'on appelle la femme sportive, celle qui est préoccupée comme nous et presque autant que nous de faire de la marche, du tennis, de l'escrime, du cheval et qui a tant de choses sportives inscrites dans le programme de son existence journalière qu'elle ne trouverait plus le temps de donner à téter à son gosse si elle n'avait point aidé la Providence à ne pas lui en donner, et qu'elle ne trouve pas davantage celui de songer aux soins de son intérieur et à la décence de sa tenue.

Impayable !

Marie cache difficilement son sourire narquois et attend, elle aussi, de découvrir le vainqueur de l'étape. C'est Georges Passerieu, le benjamin des *cracks*. Suivi trois minutes plus tard par Petit-Breton, qui précède le Luxembourgeois François Faber. Curieux destin que celui de Petit-Breton ! songe Marie en s'éloignant. Il s'appelle Lucien Mazan, le public le surnomme *l'Argentin*, et il se fait appeler *Petit-Breton*. Son père, horloger à Redon, était parti tenter sa chance à Buenos-Aires. Là-bas, Lucien connut la vie rude des enfants de la rue, jusqu'au jour où, à 16 ans, il gagna une bicyclette à la loterie. Il roula sans relâche, se révéla très doué, décrocha le titre de champion d'Argentine à 19 ans. Maintenant, rentré au pays, il ne cesse de triompher sur les routes. Il a remporté le Tour de France 1907.

Laissant les champions fêter leur victoire, Marie se dirige vers l'hôtel où elle a réservé sa chambre, riant déjà de la scène qui s'annonce à la réception lorsque, avec son apparence de coureur zébré de poussière, elle déclinera son identité !

Après une journée de repos – un 14 juillet avec bals à tous les carrefours, coups de canon et mirlitons – passée à Roubaix, Marie reprend la route à 2 h 30 du matin. En éclaireur, toujours. Ce sera une étape longue et dure : trois cent quatre-vingt-dix-huit kilomètres. Avec la traversée des Ardennes. Sur les cent quatorze coureurs du départ, cent deux seulement s'apprêtent à repartir. Petit-Breton et Passerieu sont, d'après *L'Auto*, *frais comme l'œil*. Marie de même.

Ainsi qu'il en sera à chaque étape, les sept premiers coureurs sont assurés de toucher une prime. Des indemnités de route sont prévues pour ceux qui n'auront rien gagné, et pour ceux qui effectueront des tours de piste sur le vélodrome de l'arrivée. Quant à Marie, elle roule, se loge et se nourrit à ses frais. L'argent compte peu pour elle. La retraite de Félix suffit à les faire vivre comme ils aiment. Il la soutient de tout son amour. Elle a reçu une lettre de lui au café Terminus de Roubaix, et sait qu'elle en trouvera toujours une à l'étape.

À toutes pédales, Marie prend la route de Douai, vers la frontière allemande. Serpente entre des fêtards attardés. Elle se réjouit de rouler vers cette ville de Metz où elle a de si bons souvenirs. À Metz, Félix, venu à vélo de Nancy, l'attendra au vélodrome du Sauvage, et ils iront ensemble loger chez les cousins de Courcelles-Chaussy.

La dernière fois qu'elle a profité de leur hospitalité, c'était en mai 1905. Lorsque l'empereur allemand Guillaume II, venu inspecter son *Land* annexé, était descendu au château d'Urville, son pied-à-terre en Moselle. Elle a alors croisé le souverain en trois circonstances, en a tiré trois portraits. Publiés dans *L'Est Républicain* sous le titre : *Impressions d'une Française sur Guillaume II*. Signés Myriel, son nom de plume.

C'était la première fois que Guillaume II venait en automobile à Urville. Une Mercedes claire, fermée, conduite par un chauffeur. Les lilas de bienvenue des enfants se sont écrasés sur les vitres de l'auto. Le lendemain, à l'église, la traditionnelle moustache du monarque s'est tenue aussi correctement que Sa Majesté elle-même. Un grand manteau gris à pèlerine recouvrait son uniforme bleu. Marie, qui s'intéresse de très près aux sciences psychiques, a emporté l'impression d'une volonté de fer, parfois empreinte de dureté. Au demeurant, un excellent sujet du point de vue magnétique. Un peu plus tard, elle était à vélo sur la grand-route, solitaire, quand elle a croisé la voiture impériale. L'empereur l'a saluée de façon fort aimable. Il avait cette fois l'air gai, souriant, détendu. Et puis, troisième rencontre, le lendemain de grand matin. Le souverain, en costume de chasse vert-de-gris sous un petit chapeau vert à plumes de coq, armé comme s'il allait au-devant des fauves du désert, montait un superbe cheval pie. L'air d'un promeneur avide de brises matinales, abandonné à la griserie des effluves de la forêt. Il l'a saluée du même geste militaire et du même sourire que la veille. En raison de son intérêt pour l'équitation, Marie sur *Solidité* a suivi l'empereur lorsqu'il a mis son cheval au galop ! Eh bien, c'était un parfait cavalier. L'allure, la tenue, étaient d'une correction absolue.

Heureusement que Marie a la vue excellente ! Des brutes stupides ont semé à profusion des clous sur la route, et elle préfère ralentir plutôt que risquer une crevaison. La meute du Tour peut s'attendre à une belle hécatombe ! Elle stoppe à la sortie de Mézières pour boire et s'alimenter. Eau, chocolat et une crème de riz que l'hôtelier de Roubaix lui a laissé préparer dans sa cuisine. Elle sait qu'un tronçon difficile l'attend jusqu'à Longwy. Pas d'arrêt possible pendant cent kilomètres sous peine de perdre le bénéfice de l'élan. La défaillance guettera. Marie glisse dans sa ceinture des abricots secs qui devraient lui permettre de résister. Enfin, elle atteint Longwy. Fatiguée, mais heureuse. Et encore assez vive pour éviter de justesse un chien, puis une poule. La loi des séries. Une dernière côte l'attend, enfin la plaine jusqu'à Metz. Et là, au vélodrome du Sauvage, elle tombe dans les bras de Félix. Il est si fier d'elle, la serre si fort contre lui, qu'elle ne souhaiterait pas d'autre récompense. Avant de partir pour Courcelles, il lui reste une dernière formalité à accomplir : saluer MM. Desgrange et Desmarest. Elle s'est promis de les narguer à chaque étape si elle parvient au bout du Tour ! Une ovation bruyante salue justement l'apparition de la Regina. Desgrange, plus leste que Desmarest à s'extirper du véhicule, annonce l'arrivée imminente de Petit-Breton, qui s'est battu dans les derniers kilomètres avec Passerieu et l'Italien Ganna.

Les voici ! Petit-Breton a l'avantage, mais soudain la casquette rayée de Passerieu le double ! Cependant l'Argentin réussit à passer son rival, et le précède d'une roue sur le poteau ! Ganna, troisième, termine à quelque cent mètres. Plus loin, Dozol se fait remarquer avec son chapeau haut-de-forme. Il compte le garder pendant tout le Tour sur la tête afin de percevoir la forte somme promise par un chapelier.

En attendant de trouver l'occasion d'aborder Desgrange, Marie glane les propos des coureurs. Tous parlent des clous. Ah, les clous ! De nombreux *cracks* ont crevé, et certains à plusieurs reprises ! Émile Georget, souffrant d'un horrible mal de tête, a abandonné à Cambrai. La mort dans l'âme. Dire qu'il espérait gagner le Tour ! Chaumot, mourant de faim, a dû s'arrêter dans un café. Plusieurs ont défailli, donné des signes de détresse. Desmarest qualifie d'*agonie atroce* l'état de Vanhouwaert après Longwy. Il s'est abattu dans le fossé comme une bête blessée à mort. Marie balaie la troupe du regard et sent monter l'énergie de souffler la vedette au plus courageux des champions. Bonjour M. Desgrange, lance-t-elle enfin. Pas facile, cette étape, n'est-ce pas ? Il la dévisage, les yeux écarquillés, tellement stupéfait qu'il parvient juste à grimacer un salut maussade.

En selle pour deux cent cinquante-neuf kilomètres jusqu'à Belfort ! Après une bonne journée de repos, Marie n'est pas seule à fendre l'aube. Félix lui tiendra compagnie jusqu'à Nancy. Elle roule à allure modérée. Qui veut voyager loin ménage sa monture. Félix a entendu dire au café que quatre-vingt-dix-sept coureurs seulement se présenteront au départ. Dix-sept abandons en deux étapes ! Marie, elle, tient bon. Pour l'instant, du moins. Elle a, même si ce n'est pas son langage, ainsi que le déclarera Passerieu au journaliste de *L'Auto* pour son propre compte, *les guibolles qui tournent toutes seules.*

À Nancy, Marie prend le temps de se nourrir, d'embrasser Félix, et fonce. Jusqu'à Remiremont, ça va. Mais il faut escalader la célèbre rampe du Ballon d'Alsace avant de piquer vers Belfort ! C'est le moment de prouver son endurance, sa capacité à se suffire à elle-même ! Comment saluera-t-elle MM. Desgrange et Desmarest à l'arrivée ? Sa rogne envers eux l'envahit à intervalles réguliers. Et cette rogne la dope ! Elle avale à bonne allure les lacets qui se succèdent, la montée toujours plus abrupte, méprisant la brûlure de ses cuisses et de ses mollets. Les vingt kilos de son vélo lui pèsent. Elle se met debout sur les pédales, en danseuse, pour appuyer de tout son corps l'effort de ses jambes. Elle s'accroche, mais doit mettre pied à terre sous peine de tomber. Soudain les nuages mangent le paysage, et il fait un froid sibérien. Heureuse de se remettre en selle au sommet du Ballon, Marie plonge allègrement vers Belfort. Dans la ville parée d'oriflammes et de drapeaux, elle apprend qu'elle n'a pas été seule à mettre pied à terre.

Même François Faber, le gagnant de l'épreuve, l'a fait. Seul Gustave Garrigou a tenu bon, mais une chute terrible dans la descente lui a rogné son avance. Novo, le Niçois, est hospitalisé à Épinal pour une épaule fracturée, le pauvre ! Quant à Dupont, tous s'écartent de lui en se pinçant le nez. Il a piqué une tête dans une mare à purin, d'où il est sorti tout noir ! MM. Desgrange et Desmarest le contemplent avec un dégoût non dissimulé lorsque Marie s'approche d'eux. Et lance : Voyez-vous, Messieurs, j'ai passé le Ballon d'Alsace ! Desgrange s'éloigne sans même saluer celle qu'au fond de lui-même il qualifie sans doute d'*emmerdeuse*.

Marie quitte Belfort à 2 h 30 du matin. Ces départs matinaux ne la gênent pas. Il y a longtemps qu'elle ne dort pas plus de quatre ou cinq heures par nuit. Quarante-six coureurs éliminés, dont certains, et Marie en comprend mal la raison, abandonnent sur l'ordre des fabricants de cycles Labor et Alcyon. Restent soixante-quatre peugeotistes qui s'élanceront après elle de Belfort à Lyon.

Approchant l'ancienne capitale des Gaules, elle se réjouit à la pensée que le cinquième de la course est accompli. Depuis Belfort, elle a avalé trois cent neuf kilomètres sans la moindre anicroche, malgré le temps affreux, les routes détrempées et les éclaboussures qui doivent maintenant la faire ressembler à une statue de boue. Une veste de toile cirée sans manches l'a protégée tant bien que mal. Chemin faisant, elle a envisagé, s'il faisait beau à Lyon, de grimper sur la Croix-Rousse pour voir le mont Blanc. L'an dernier, à la même époque exactement, elle était à Chamonix. Et s'entraînait pour des ascensions prévues début août. Le résultat a été à la hauteur de ses espérances : en une semaine, l'aiguille du Moine, la traversée du col du Passon et du col du Tour, la traversée de la fenêtre de Saleina et du col du Chardonnet, et pour finir, l'ascension de la dent du Requin. Une belle brochette ! *La Montagne* a signalé les succès de *l'étudiante en médecine à Nancy*. Mais le plus important, ce fut l'ivresse ressentie à chaque sommet. Qui vint s'ajouter aux trophées de la saison en ski, luge et patinage. A-t-elle préféré la saison de Chamonix ou celle des Vosges ? Les deux ! s'écrie-t-elle en riant. Méfiante toujours, Marie ralentit pour éviter de déraper sur les rails de tramway, horriblement glissants. Touche enfin le but. Assiste à la seconde victoire de Faber. Les coureurs sont dans un sale état. On ne distingue plus ni cheveux, ni visage, ni maillot, ni dossard, ni culotte, ni chaussettes, ni souliers. De la boue, rien que de la boue. Certains ont perdu leur fond de culotte, usé par le sable qui s'est glissé entre la selle et le fessier. Dozol, l'homme au haut-de-forme, a abandonné à Besançon et pris le train.

Et la splendide Regina, que devient-elle ? Se présente à sa place un vieux tacot, d'où émergent les deux journalistes en rogne ! Une brute de charretier, explique Desgrange cramoisi, a démoli complètement notre roue arrière gauche. Je ne vous dis pas ce que nous lui avons raconté ! Nous avons dû prendre un horrible cabriolet tape-cul tiré par un vieux cheval, puis deux trains. Dommage que vous n'ayez pas eu des bicyclettes ! l'interrompt Marie, avant de disparaître dans la foule des parapluies, craignant d'être la cause d'une crise cardiaque.

Après une journée de repos, où Marie s'est assise dans un jardin, laissant flâner son regard sur les arbres, prenant le temps d'être tranquille, Lyon-Grenoble s'annonce la plus dure des étapes du Tour ! L'équivalent de dix Ballons d'Alsace sur un parcours de trois cent onze kilomètres ! *Pour exécuter cette étape sans une défaillance ou morale ou physique,* a prévenu *L'Auto, il faut être un gaillard rudement trempé !*

Un temps affreux persiste. Les vraies difficultés débutent à Nantua où, devant Marie, se dresse soudain une côte imposante. Ses mains se crispent sur le guidon… À peine voit-elle le ruban bleu ciel du Rhône rouler dans son lit étroit, bordé de larges berges. Mais elle distingue enfin la douane suisse de Chancy. Un douanier qui louche la regarde avec suspicion. Demande sa carte de l'Union Vélocipédique de France, le document qui sera exigé des coureurs. Or, l'UVF n'admet pas les femmes en tant que membres. Tout juste comme employées ! Félix lui a rapporté ce fait signalé en assemblée générale : si l'Union a récemment *substitué un personnel féminin aux hommes,* c'est uniquement *pour que cela coûte moins cher.* Marie explique pendant de précieuses minutes qu'elle ne peut disposer de cette carte, et doit argumenter fortement pour passer avec les papiers qui lui permettraient de continuer sans anicroche si elle était une dame dans une automobile. Le fonctionnaire finit par céder, sans doute pressé d'attaquer son casse-croûte.

Dans Genève, à peine jette-t-elle un coup d'œil sur le lac Léman. Elle doit se ruer à l'assaut du Salève. Prendre des chemins qui semblent grimper droit au ciel. Puis, après la douane, la vallée plonge vers Annecy. Nouvelle escalade, et voici Aix-les-Bains. Une autre encore, et Marie parvient à Chambéry. Là, mauvaise surprise : crevaison de la roue avant. Il faut changer le boyau. Marie le fait calmement, heureuse de bénéficier d'un pneu démontable sur sa nouvelle bicyclette *Zéphyrine*. Elle atteint enfin la montée du redouté col de Porte dans le massif de la Chartreuse. Alors qu'elle a déjà deux cent cinquante kilomètres dans les mollets, l'attend une rampe de vingt-et-un kilomètres sur terrain rocailleux, arrosé par les neiges éternelles des cimes d'alentour que le soleil a la mauvaise idée de faire fondre. La boue plaquée sur ses vêtements l'alourdit. Arc-boutée sur son guidon, Marie n'en peut plus, ses yeux se brouillent. Elle concentre le peu d'énergie qu'il lui reste. Happe un sucre additionné de Ricqlès. Doit cependant mettre pied à terre. Réenfourche sa machine à peine arrivée au sommet. Dans la descente, sa roue s'enfonce parfois de vingt centimètres dans la boue. Et là-dessus, juste avant d'atteindre Grenoble, un vent à décorner les bœufs ! L'Isère roule des flots noirs. Marie touche le but fatiguée, mais heureuse.

Cinquante-quatre coureurs ont pris le départ à Lyon. Passerieu, grand vainqueur, est seul à n'avoir pas mis pied à terre dans le col de Porte. Garrigou a failli capituler. Une superbe limousine Cottin-Desgouttes a remplacé la Regina. Vous avez fait bonne route, Messieurs ? lance Marie aux deux journalistes. Sans attendre la réponse, elle file à l'hôtel pour s'abattre sur son lit et se masser les jambes, heureuse de sa victoire sur elle-même. Elle a gagné son galon de *gaillard rudement trempé*, selon le critère de *L'Auto*.

Marie aurait volontiers participé au grand bal donné à l'Eldorado de Grenoble, car elle aime s'amuser, rire, danser et chanter, mais la nécessité de transporter son barda sur son vélo ne lui a pas permis d'emporter de tenue féminine. Les coureurs, suivis par leurs bagages, n'ont eux manqué de rien pour se vêtir en gentlemen. Cinquante seulement vont disputer l'étape Grenoble-Nice, trois cent quarante-six kilomètres. Dozol, l'homme au chapeau haut-de-forme, poursuit le Tour en tant que soigneur. Il s'occupe des *déshérités*, ceux qui ne bénéficient pas des soins dont on entoure les *ténors de la route*. L'étape, moins dure que la précédente, n'est certes pas de tout repos. Marie dévale les pentes des Alpes, attaque des côtes ardues. De Digne à Puget-Théniers, elle roule dans une sorte de chaos désert qui serre le cœur. Ce sont d'énormes rocs dénudés, des cirques dont on croit ne pas pouvoir sortir. Des lits de torrents à sec. Un univers angoissant qui rappelle les sombres dessins de Gustave Doré. Mais un curé planté sur le bord de la route l'encourage et l'applaudit. S'il savait ! Plus loin, un bohémien qui tient deux ours en laisse, anneau de fer dans le nez, lui rappelle la diversité du monde.

Elle a grelotté sous le ciel gris de Grenoble, affronté le brouillard et la pluie en haut de la côte de Laffrey. Et maintenant, sous les palmiers de la promenade des Anglais, il fait à Nice un soleil de feu et une chaleur saharienne, à cuire les œufs. Qui dope Dortignacq, grand vainqueur, mais Gerbi, un Italien, s'évanouit sur la ligne d'arrivée. À part cela, on ne parle que de Cyriel Vanhouwaert, le *vaillant routier flamand*. Lui qui s'est signalé par des prouesses malgré ses chutes spectaculaires a abandonné à Sisteron après un nouveau plongeon dont il s'est relevé tout ensanglanté. Enfin, le chapeau de Dozol a roulé on ne sait où. Ah, et où sont nos journalistes ? s'interroge Marie. Au centre de l'attroupement là-bas, à cent mètres ? En effet ! La Cottin-Desgouttes est arrêtée de biais, le museau enfoncé dans le muret d'une propriété. Le mécanicien a eu une syncope ! explique Desgrange à qui veut l'entendre, en levant les bras au ciel. Il s'est évanoui, le pauvre ! Il a la tête contusionnée ! Marie épargne cette fois sa gouaille au rédacteur en chef, se contentant de saluer Desmarest d'un geste joyeux. Il lui suffit d'être vue par l'un des deux. Le malheureux, qui s'éponge et s'évente tant qu'il peut, ouvre en l'apercevant une bouche de carpe.

Après la parade aux lanternes de Nice, trois cent quarante-cinq kilomètres attendent Marie et les autres jusqu'à Nîmes. Quarante-cinq coureurs sont encore qualifiés. Beaucoup ont été victimes de la malchance en se battant contre les autres, songe Marie. Ce combat lui manque, mais il lui a été refusé par la boursouflure masculine. Elle a passé la journée de repos à se rouler dans les flots bleus et à envoyer des cartes postales. Et maintenant, elle escalade la célèbre côte sinueuse de l'Esterel, accrochant du coin de l'œil des vues divines sur criques ou baies secrètes, enivrée par le parfum des pins. Déjà cuite par le soleil, elle s'autorise avant Toulon l'arrêt près d'un abreuvoir. L'itinéraire compliqué pour traverser Marseille, Marie l'a appris par cœur, comme le texte d'une tragédie à jouer sur scène, et elle ne se trompe à aucun moment. Pavés et rails lui tendent des pièges auxquels elle échappe, tandis que l'accent sonore du Midi la réjouit. En abordant la Crau désertique, plaine immense sous le ciel embrasé, elle sait que l'attendent poussière, chaleur et moustiques. Elle se traîne lamentablement dans une mer de cailloux blancs. La défaillance guette. Comble de malchance : elle casse une pédale. À pied ou pédalant d'une seule jambe, elle finit cependant par atteindre Nîmes, où elle trouve un réparateur. Elle quitte la boutique comme survient le vainqueur, Petit-Breton. Charpiot abandonne, les fesses en sang. Passerieu, qui termine quinzième, se console en apprenant qu'il est devenu père d'un garçon.

À partir de Nîmes, on entre dans la deuxième moitié du Tour. Les coureurs, quarante et un à présent, se plaignent de maux divers. Telle la plupart, Marie souffre des yeux à cause de la réverbération du soleil sur les routes blanches. Cela ne l'empêche pas de s'envoler le 26 juillet vers Toulouse, un mouchoir de coton coincé par le dos de la casquette pour éviter un coup de soleil sur la nuque. De Béziers jusqu'après Carcassonne, un violent sirocco la cloue quasiment sur place. Elle lutte en évoquant ses souvenirs dans la Ville rose… C'était le 1er septembre 1907. Il y aura bientôt un an. *Mlle Marvingt*, pouvait-on lire dans *L'Express du Midi*, *universellement connue des sportsmen* – sauf des cyclistes ! songe-t-elle avec un grain d'amertume –, *quitte ses excursions alpinistes pour participer à la traversée de Toulouse à la nage.* Cinq kilomètres dans la belle Garonne. Elle a gagné la catégorie dame en une heure, vingt-six minutes et cinquante secondes ! Une joie complète. À peine obscurcie par l'inélégance du quotidien *Gil Blas*, qui n'a pas mentionné son temps, ni celui des autres femmes, alors qu'il a détaillé celui des hommes. Bah ! fait-elle. En revanche, elle se souvient avec plaisir que la ville de Toulouse compte une section féminine de sauveteurs. Elle se remémore de belles conversations ! À Toulouse enfin, Marie voit Faber emporter superbement la victoire et apprend que Dortignacq, souffrant de violentes coliques pour s'être gavé de fruits, a dû abandonner à Narbonne. MM. Desgrange et Desmarest, qui se pavanent à nouveau dans la Regina Dixi, feignent d'ignorer son salut.

Voici Marie lancée à présent dans la neuvième étape, Toulouse-Bayonne. Le trajet du jour, deux cent neuf kilomètres seulement, passe par Pau. Tandis qu'elle aborde cette ville, Marie s'y revoit en mai-juin 1907, lorsque Pau accueillait la 7e Fête de tir. Au Concours international du fusil de guerre, elle a remporté le prix d'honneur à trois cents mètres et, quelques minutes après, elle enlevait le prix d'honneur à la carabine Flobert ! C'est le général Picquart lui-même, récent ministre de la Guerre, qui l'a décorée, seule femme, des palmes du *premier tireur*. De nombreuses personnes ont félicité le ministre pour son attitude courageuse dans l'affaire Dreyfus. Une histoire que Marie se promet un jour de mieux comprendre. Elle n'a pas eu le temps de suivre. N'est ni pour ni contre. De Pau à Bayonne, elle songe au malheureux Dortignacq, dit *la gazelle*, qui, attendu par les siens, se réjouissait tant de passer à Peyrehorade ! Les hommes lui auraient hurlé des encouragements, les filles lui auraient jeté des fleurs… A-t-on idée de se gaver de fruits avant l'épreuve ! À Bayonne, nouveau succès de Petit-Breton. Marie commence à se demander qui gagnera le

Tour. Lui ? Passerieu ? Garrigou ? L'un des Italiens ? Faber ? Plus lourd que ses camarades, Faber est plus sujet aux crevaisons... Vraiment superbe, cette voiture, Messieurs ! lance Marie en longeant la Regina. Si je n'étais pas aussi crottée, je vous demanderais de me la laisser conduire ! Elle est complètement folle, siffle l'élégant Desmarest. Il faut l'enfermer !

Bayonne-Bordeaux, à travers les Landes, est une étape facile. Du billard ! Deux cent soixante-neuf kilomètres seulement. Mais un brouillard à couper au couteau ! Et Marie a un impératif de temps. Une demi-heure avant l'irruption des coureurs, il sera en effet interdit à tout cycliste, motocycliste ou piéton d'emprunter la route qui mène à l'arrivée... Trente-sept coureurs sont restés qualifiés. Elle tient une fois de plus son pari, dopée par la puissante odeur de résine des pins. Assiste avec intérêt à la victoire du jeune Paulmier, follement heureux de répondre aux interviews des journalistes. Observe la crise de nerfs de Petit-Breton pour avoir reçu un coup de poing d'un spectateur, crise sans doute autant due à l'effort qu'il a fourni après une crevaison pour rattraper le peloton. Décide d'épargner cette fois Desgrange et Desmarest. S'amuse à l'idée qu'ils puissent se réjouir de son abandon. L'entrevue à Nantes n'en sera que plus savoureuse.

Auparavant, elle aura dû avaler Bordeaux-Nantes, l'étape jusqu'ici la plus longue du Tour, près de quatre cents kilomètres. Trois cent quatre-vingt-onze exactement. Départ dans une belle nuit épaisse et froide, sous un ciel piqué de millions d'étoiles. À Rochefort, c'est une formidable tempête de vent qui l'accueille et lui coupe le souffle. Elle poursuit avec son opiniâtreté habituelle et atteint Nantes à temps pour saluer MM. Desgrange et Desmarest, interloqués. Puis pour assister à l'arrivée triomphale du Nantais Petit-Breton, douze minutes d'avance sur le peloton, salué par une ovation monstre et attendu par sa fiancée. Leur bonheur à tous deux fait plaisir à voir. Un bonheur qu'elle ne connaîtra jamais, songe Marie en écoutant le concert donné par la Société musicale nantaise sur la place Royale. Elle se contente de ses rêves sentimentaux, pressentant qu'aucune relation avec un homme ne pourrait durer. Alors, à quoi bon commencer ? À quoi bon commencer s'il faut aussitôt terminer ? Et terminer dans les cris et les larmes ?

De Nantes à Brest, Marie doit collectionner une succession de petites côtes, de dos-d'âne et de virages sinueux. Se trompe de route à La Roche-Bernard, va tout droit au lieu de prendre le pont suspendu au-dessus de la Vilaine. Un effet de la fatigue, sans doute. À Quimper, elle voit un groupe de Parisiennes venues des plages, le rire aux lèvres, en robes de mousseline ou de linon avec ombrelles assorties, et grandes capelines de paille couvertes de grosses fleurs des champs. N'échangerait pour rien au monde sa vie contre la leur. De nombreux officiers de marine, tout autant d'abbés venus à bicyclette et d'ouvriers du port poireautent déjà près de la ligne d'arrivée. Petit-Breton a-t-il trop fêté sa victoire à Nantes ? C'est François Faber qui l'emporte, devenant du même coup son concurrent sérieux au classement général.

Marie visite avec curiosité Brest, cette ville maritime qui ressemble plus à un immense chantier qu'à un port. Ce ne sont que vaisseaux de guerre en réparation ou en construction, et le tintamarre des coups de marteau sur les tôles d'acier la pousse bientôt à s'enfuir au calme.

Puis l'*armée de vaillants* dispute l'avant-dernière étape, Brest-Caen, la plus longue, quatre cent quinze kilomètres. Seize heures de machine. Raison pour laquelle les coureurs partent à minuit. Après Saint-Brieuc, le panneau de Lamballe fait naître en Marie une onde de bonheur. Lui rappelle le souvenir, il y a deux ans, de sa première grande ascension en ballon comme pilote. Avec Lemoine et Blanchet, qui la couvrirent de compliments. De Rouen à Lamballe. Ce fut une impression étonnante de découvrir d'en haut la Bretagne, une province où elle n'avait jamais mis le pied. Elle revint avec le sentiment que le ballon était le sport qui lui procurait la plus grande joie. À peine descendue à terre, elle rêvait déjà de la nacelle suivante qui l'emporterait. L'an prochain, elle se consacrera au ballon, c'est décidé ! En attendant, le mauvais temps s'annonce. Un souvenir à la fois comique et cuisant lui revient à la mémoire. De Lamballe, elle s'était rendue à Avranches à vélo, avec l'intention de se présenter à l'un de ses oncles. Il refusa de la recevoir. Une fille qui s'adonnait à la bicyclette ne pouvait qu'être de moralité douteuse ! Une pluie battante accueille Marie à Vire. La route est détrempée. Il vente, il fait froid. À tel point qu'on peut compter les spectateurs. Marie arrive fourbue à Caen et n'ira pas narguer les passagers de la Regina Dixi. Elle distingue un spectateur de marque, l'auteur dramatique et romancier Tristan Bernard, à la barbe assyrienne, et va lui réciter une tirade de sa première pièce, *Les Pieds nickelés.* Il est ravi. Mais voici

Passerieu, premier ! Une magnifique gerbe de fleurs lui est offerte. Les photographes s'empressent. Au quinzième kilomètre, Petit-Breton est entré en collision avec un cycliste spectateur imprudent. Touché à la tête, sa bicyclette faussée, il a trouvé le courage de continuer. L'imbécile aurait pu lui faire perdre en moins d'une seconde le bénéfice de vingt-cinq jours de lutte. Inadmissible !

Promenade en mer, banquet monstre et retraite aux flambeaux ont été offerts aux *cracks* par la ville de Caen. Marie a loué une barque, s'est amusée de la mine inquiète du pêcheur en la voyant partir seule. L'air marin l'a dopée et c'est avec entrain que, amaigrie et rissolée par le soleil du Midi, l'avant-coureuse se lance dans la dernière étape : Caen-Paris. Deux cent cinquante kilomètres. Une paille à côté de ce qu'elle vient de parcourir depuis vingt-huit jours. Les trente-six rescapés du Tour ne partiront cette fois qu'à 6 h 30. Déjà massés sur le bord de la route, des spectateurs enthousiastes encouragent Marie, s'interrogeant sans doute sur son identité. Arrivée au Parc des Princes, elle ne peut accéder au passage réservé aux coureurs et doit payer vingt sous le droit de s'installer sur un gradin. Et là, elle est soudain avalée par un flot humain : ses amies parisiennes sont venues l'accueillir avec une grande gerbe de glaïeuls ! Et la photographient ! Ce sont des embrassades monstres ! Mais voici les *cracks* ! Petit-Breton apparaît au milieu d'acclamations folles, premier de l'étape et au classement général, suivi du bon colosse François Faber. Ils serrent dans leurs bras mère, sœurs, cousins, cousines. Et le visage de Passerieu s'éclaire lorsqu'il découvre son épouse portant avec fierté le bébé de dix jours !

Une phrase du quotidien *L'Auto* encolère Marie : *Tout le monde demeure surpris que des hommes constitués normalement aient pu triompher de tant de difficultés, franchir tant d'obstacles, lutter victorieusement contre toutes les intempéries, la chaleur comme le froid, la pluie comme la poussière.* Une *femme* l'a fait aussi ! s'énerve Marie. Il lui vient soudain une idée : sa performance ne remet-elle pas en question les prétentions des hommes à la supériorité ? Le journal en main, elle va se planter devant Desgrange, elle qui en plus a dû se débrouiller toute seule, en tout et pour tout. Désignant le texte du doigt, elle fixe le journaliste droit dans les yeux, sans dire un mot. Ils se regardent en silence, puis elle entend une voix pâle : Mes vives félicitations, Mademoiselle.

Pas un mot de plus. Et *L'Auto* ne mentionnera jamais sa réussite. Pas plus que *Les Annales politiques et littéraires*, ou *La Vie au grand air*, ou les journaux italiens suiveurs du Tour, alors qu'elle est allée à l'une ou l'autre étape se présenter aux chroniqueurs. Chaque fois, elle a eu le sentiment de se heurter à un mur, à une conspiration du silence. Comme s'ils en avaient parlé entre eux et décidé d'une conduite unique. L'un d'eux est-il en mesure de saisir l'immense exploit qu'elle vient d'accomplir ? Elle, elle sait qu'elle est arrivée la première au Parc des Princes. Première femme en tout cas, songe-t-elle. Et qu'elle peut se comparer aux trente-six coureurs, sur les cent quatorze qui prirent le départ, ayant franchi la ligne d'arrivée. Et qu'en plus des cinq mille kilomètres du Tour, un Paris-Nancy l'attend après un joyeux séjour dans la capitale. Expositions, théâtres, cinémas, cafés…

CHAMONIX-GÉRARDMER, JANVIER-FÉVRIER 1909

Chamonix 12-2-09
Ma chère Marthe,

Je suis ravie de mon séjour ici. La saison a été superbe, les fêtes très réussies. J'ai eu le plaisir de remporter les premiers prix de ski et de luge et le 2e de patinage. Ci-contre le départ d'une course de patin-ski qui a paru dans L'Illustration *du 6-2. Je pars à Genève samedi où je vais passer quelques jours chez une amie. La santé de papa est excellente. Êtes-vous toujours disposés à déménager ?*

Bonnes amitiés à tous quatre.
M. Marvingt
chez Mme Brun 1 rue des moulins Genève

Marthe Roumier, une petite-cousine vivant à Argenteuil, collectionne les cartes postales et admire profondément Marie, qui lui adresse toutes celles où elle apparaît. La face illustrée de la carte envoyée le 12 février reproduit la photo du groupe de sportives qui s'apprêtaient à disputer la course patin-ski, un patin à un pied, un ski à l'autre. Pour la plupart, de jeunes chamoniardes ou des touristes à la recherche de loisirs excitants, loin de l'esprit de compétition qui anime Marie dans son désir de faire aussi bien que les sportifs masculins. Son but, c'est de secouer le joug. Vous comprenez, explique-t-elle à qui veut l'entendre, il serait temps pour les hommes de savoir que les femmes sont des adversaires avec lesquelles ils doivent compter !

L'une des concurrentes est emmitouflée de blanc de la tête aux pieds. Les autres arborent presque toutes un chandail blanc qui couvre les hanches, une jupe longue rouge ou verte, une coiffure blanche. Cependant Marie se distingue, fine silhouette en noir, bonnet de laine, veste sur une culotte dépassant d'une jupe courte, inutile, ajoutée pour éviter de heurter les convenances.

Huit participantes seulement, s'attriste Marie. Les femmes sont souvent malhabiles lors de leurs débuts à ski, reconnaît-elle. Et soudain il lui semble en comprendre la raison ! Cette gaucherie ne provient-elle pas, non pas de leur sexe ou de leur tempérament, mais du mépris avec lequel les hommes les considèrent sur le plan sportif ? Un mépris qu'elles auraient intégré au point de douter d'elles-mêmes ?

La photo montre donc Marie tout en noir, et rayonnante. Été comme hiver, elle revient à Chamonix avec un plaisir toujours frais. Loge à l'hôtel Beau-Site, dans une maison typiquement savoyarde. Toit légèrement pentu, terminé par une bordure de bois dentelée. Balcons de bois ornés de balustrades ajourées. Porte d'entrée à deux grands battants arrondis. Sa chambre, face au mont Blanc, comporte un bon petit fourneau à bois, et une table qui lui permet d'écrire. Le rédacteur en chef de *L'Éclair de l'Est* lui a commandé un article sur le ski.

Avec le temps, Marie est devenue l'amie des si charmants propriétaires, M. et Mme Curral-Couttet. Et même celle de leurs deux fillettes : Gabrielle et Simone, qu'elle chérit avec tendresse. Au point de les sermonner vertement, elle qui n'a peur de rien, elle dont la vie est un défi permanent, lorsque les petites se lancent dans des activités téméraires ! Comme si elle en avait la charge. Il lui semble qu'elle pourrait former des bataillons de filles devenant femmes. Aucune nostalgie là-dedans. Parfois elle est émue par le regard d'appel, un fil qui passe entre une mère et son enfant, les petits bras qui se tendent, mais ça ne va pas plus loin. Si elle se met à distance des hommes, c'est qu'elle ne supporterait pas les conséquences d'une vie à deux. La gestation des enfants. Leur mise au monde. La nécessité quotidienne de les nourrir, de les vêtir et de les éduquer. Toutefois, ces moments éphémères, où elle instruit de son mieux des enfants tout fabriqués, lui apportent des joies intenses. Devant le grand fourneau en faïence du hall, elle leur raconte ses aventures ou des histoires, mime l'ogre ou la sorcière, change sa voix. Et leurs yeux émerveillés, leurs grands éclats de rire, l'animent d'un bonheur fou !

C'est à Chamonix que, pour la première fois, le cœur de Marie a battu pour la montagne. Celle d'été et celle d'hiver. En 1906, elle a eu la chance d'être initiée au ski par les professeurs norvégiens Durban-Hansen et Nyquist, dont elle a été la première élève française. Et maintenant, elle a un grand projet : fonder ici une école de ski. Qui pourrait s'appeler École Marvingt, tout simplement ! Tant de joies en perspective !

Oui, les fêtes ont été très réussies cette année, écrit Marie à sa cousine Marthe. Et même réussies comme jamais, malgré le froid de canard. Le Touring-Club a inauguré une Grande semaine de sports d'hiver, en espérant concurrencer les stations suisses. Il a affrété un train spécial depuis Paris, et Chamonix n'a rien épargné pour accueillir brillamment les excursionnistes. Rues pavoisées. Accueil par les fanfares et tous les notables du village, maire en tête. Lampions multicolores, qui produisent un effet féerique sur la neige. Uniformes rutilants de nombreux officiers étrangers. Présence d'un détachement de skieurs de l'armée norvégienne… Le lendemain, éblouie, Marie les a admirés tandis qu'ils s'élançaient du grand tremplin des Frasses en décrivant une trajectoire harmonieuse dans les airs, allaient retomber sur la neige à vingt-cinq ou trente mètres de là et, emportés par l'élan, filaient à des allures vertigineuses. Elle essayera, c'est sûr ! En marge des courses classiques – *Le Cri de Nancy* a d'ailleurs publié la liste de ses succès ! –, il s'en disputait de plus originales. Marie est arrivée deuxième à la course de ventre de jatte catégorie dames. Quelle rigolade ! Et le soir, illuminations générales ! Gai tintement des sonnettes et grelots attachés aux chevaux qui tirent les traîneaux. Grande fête de patinage, bal au casino… On s'est couché à pas d'heure !

Et, à chaque passage à Chamonix, Marie ne manque jamais de participer aux travaux de la mission Vallot. Elle porte une admiration sans bornes à M. Joseph Vallot, fondateur et directeur de l'Observatoire du Mont-Blanc. Aussi l'aide-t-elle à établir la carte topographique du Mont-Blanc, un travail de longue haleine. Elle participe également aux expériences sur le mal des montagnes, dont certaines se mènent sur des lapins, des écureuils ou des cobayes. Bref, les jours passent à une allure fulgurante.

Après son séjour à Genève chez l'amie Mme Brun, voici Marie en route vers Gérardmer. Pour la deuxième fois en quelques mois. La première, c'était l'été dernier. Personne, avant Mlle Marvingt, n'avait entrepris de traverser le lac de Gérardmer, vaste ovale entouré de hautes montagnes hérissées de sapins. Ce lac n'a pourtant que deux kilomètres de long. Avec quelle joie elle a plongé dans l'eau qui réfléchissait la limpidité bleue du ciel ! Son amie Madeleine l'avait suivie en barque avec ses vêtements et son appareil photographique. Elles se sont ensuite rendues jusqu'à la tourbière du Beillard. On se croirait là-bas en Norvège ou en Finlande, avec ces tapis de mousses qui s'étendent sous les pins. Marie se souvient d'avoir photographié des violettes des marais, à fleur blanc bleuâtre avec des veines rougeâtres, des canneberges et des brimbelles, et surtout la splendide petite orchidée à fleurs vertes et feuilles en cœur, dont le nom lui échappe pour l'instant.

Il faut dire que, dans le domaine de la natation, elle s'est bien dépensée cet été ! L'épisode de Capri lui réjouit le cœur. Elle s'apprêtait à gagner l'île à la nage depuis le bout de la péninsule de Sorrente, dans la baie de Naples, une vingtaine de kilomètres, quand une tempête se déclara. Qui empêchait les bateaux et les touristes d'entrer dans la célèbre grotte d'Azur. Après trois jours, Marie en eut assez de croquer le marmot et, arrivée à la grotte, plongea sous la lame malgré les cris épouvantés de son guide. Elle put admirer, absolument seule, la caverne où la mer, grâce à la lumière du soleil qui passe par une grotte sous-marine, se teinte d'un bleu électrique percutant. Dans une musique de tempête. Et c'est une autre musique qui lui revient à l'esprit ! Celle qui l'a accompagnée, de nuit, de Pallanza jusqu'aux îles Borromées, sur le lac Majeur, par un clair de lune de rêve. Un colonel, ayant appris son projet, la fit accompagner par des gondoles qui transportaient une fanfare militaire ! Elle n'oubliera jamais la double musique des flots et de l'orchestre. Et elle aurait bien apprécié la compagnie d'une barque chargée de joueurs de rebétiko lorsqu'elle a rallié l'île de Samothrace depuis la côte grecque. On prend vite de bonnes habitudes !

Un soleil clair et une neige de trois mois accueillent Marie à Gérardmer. La vue des pentes ondulées fait toujours monter en elle une sorte de tendresse. Dans les rues, elle croise de nombreux excursionnistes emmitouflés dans des peaux de bique, coiffés de bonnets de laine, portant leurs skis avec plus ou moins d'adresse. Discutant, grâce à leur science toute neuve, de l'état de la neige. Molle, floconneuse, fraîche, duveteuse, pulvérulente, dure ou cassante ?

Le lendemain, à 3 heures, Marie admire les exploits de son ancien professeur norvégien, Harald Durban-Hansen, avant de participer au concours de sauts pour amateurs où elle se distingue, offrant une belle démonstration de fougue féminine. Or, la journée n'est pas terminée. À la fête de nuit sur le lac gelé, elle croise le jeune capitaine Paul Echeman, et ils se rendent ensemble au bal du casino. Voici plusieurs fois qu'elle rencontre ce Vosgien de deux ans son cadet, président du Ski-Club de Lunéville, et l'apprécie toujours plus. En promenade, il porte comme elle son appareil photographique en bandoulière. Il est instructeur d'équitation, et il pilote ! Ils ont la même capacité à passer avec entrain d'un sport à l'autre. Ce sont une foule de points communs. Marie, qui lit ce que les hommes ont dans le crâne, distingue en ce militaire une capacité de camaraderie chaleureuse qui lui plaît beaucoup. Sa froideur apparente cache une âme ardente, enthousiaste, généreuse, mais qui entend ne se donner qu'à bon escient. Il est respectueux, n'a pas la virilité écrasante. Il se garde de prédéfinir le rôle des uns et des autres. C'est reposant.

Bref, avec les deux premiers prix aux concours de ski et de patinage remportés à Gérardmer, cette saison d'hiver n'aurait apporté que des joies fortes à Marie si, le 15 mars, n'était paru l'article long et révoltant de Georges Casella dans *La Culture physique*, revue bimensuelle illustrée. Avec le ton de celui qui pense posséder la vérité infuse. D'autant plus révoltant que ce journaliste, ami lui aussi des Curral-Couttet, répondait généreusement à ses sourires quand ils se croisaient au Beau-Site.

Dès la première phrase, Marie a flairé l'anguille sous roche. *Skis, luges, bobsleighs, sont désormais des termes familiers en France, et ce fait doit avoir son écho chez les grands couturiers. Car, chacun le sait, lorsque les femmes adoptent un sport nouveau, tout finit par des toilettes.* Au fond, découvre Marie, il prête à l'ensemble des femmes sa propre légèreté ! Et ce n'est pas tout. Très vite, une autre pierre dans le jardin féminin : *La grande découverte fut qu'il ne faisait pas froid dans une atmosphère sèche et débarrassée de toute impureté par les chutes de neige, et les femmes, affrontant sans danger les plus basses températures, purent croire qu'elles accomplissaient un acte héroïque !* Il nous prend pour des demeurées ! s'énerve Marie. À l'écouter nous n'aurions pas plus de jugement que des citrouilles ! Mais le bouquet, ce sont les lignes qui la concernent, avec deux autres skieuses, où le journaliste les condamne pour préférer l'efficacité à l'élégance, le confort à la séduction. *La jupe l'emporta. Seules trois sportswomen qui ont déjà fourni leurs preuves, s'équipèrent en vrais garçons et leur succès fut assez grand pendant quelques jours pour que l'on pût prophétiser la venue de nombreuses imitatrices. Il n'en fut rien, et n'en déplaise à Mme Paul Frantz Namur, à Mme Pallier et à Mlle Marvingt, ces audacieuses championnes, la jupe est infiniment plus plaisante.* Plus loin, il insiste : *Que ces jupes rouges ou vertes sous le long chandail étaient donc jolies quand elles s'évasaient en cercle après l'élan, ou flottaient pendant l'essor de la vitesse !* Ne craindrait-il pas, s'interroge Marie, que le pantalon nous octroie la liberté qui nous permettrait d'égaler les hommes ? L'avenir le dira.

Toujours est-il que l'article, abondamment illustré, ne comporte en dehors d'une photo de groupe, aucun portrait des trois rebelles…

JARVILLE, SEPTEMBRE 1909

Je voudrais être hirondelle… Marie chantonne souvent cette valse. Au printemps, elle guette le retour des oiseaux noir bleuté, envie leur prestigieuse voltige aérienne, leur exaltante liberté. Hirondelle, elle traverserait à tire-d'aile les mers, les océans, les déserts, piquerait vers les îles ou les oasis… Un jour à Chamonix, elle s'écria : *Que n'ai-je des ailes pour survoler ces merveilleux panoramas !*

Aussi une information peu banale donnée par la presse, en 1902, souleva-t-elle l'enthousiasme de Marie : *Nous apprenons que M. Louis Blériot, l'ingénieur bien connu du monde de l'automobile par ses puissants phares à l'acétylène, construit dans ses ateliers de la rue Duret une machine volante qu'il compte expérimenter sous peu.* Une machine volante !

À présent, Louis Blériot n'est plus le seul à s'intéresser au *plus lourd que l'air*, façon de désigner les machines volantes. Dans de nombreux pays, le *vol avec appareil à moteur* suscite toujours plus d'aficionados. Les pionniers se lancent dans la plus folle des aventures, assez passionnés, assez inconscients, pour risquer à la fois leur vie et leur fortune. En Allemagne, les frères Otto et Gustav Lilienthal ont réalisé des planeurs en observant le vol des cigognes. Puis un capitaine français, Fernand Ferber, leur disciple, a tenté sa chance en 1898. Hélas, son appareil s'est brisé en touchant le sol ! Or ceci, loin de le décourager, lui a inspiré une méthode : *Pas à pas, saut à saut, vol à vol.* Autrement dit : construire, expérimenter, analyser, corriger. Les avions iront *de crête à crête, de ville à ville, de continent à continent*, prédit Ferber à l'heure où les aéroplanes ne se risquent pas encore à sauter la clôture du champ d'aviation.

Suit la performance à Bagatelle d'Alberto Santos Dumont, dont le père prodigue est planteur de café au Brésil. L'élégant petit Santos, un mètre soixante-quatre, qui a coutume de s'élever en ballon au-dessus des toits de Paris, promenant ses amis, *conquiert l'espace* selon la formule de la presse : le 12 novembre 1906, debout dans la nacelle en osier de son *14 bis*, un aéroplane à moteur à essence, il effectue en vol une distance de deux cent vingt mètres en vingt et une secondes, soit à la vitesse invraisemblable de quarante et un virgule trois kilomètres-heure. À quelle altitude ? La question n'est pas d'actualité : les commissaires de l'époque se plaquent sur l'herbe pour constater que les roues des engins quittent bien le sol ! *C'est à Santos-Dumont qu'on doit le premier enlèvement incontestable et contrôlé d'un aéroplane automobile monté !* claironne *L'Aérophile.* Marie a souvent rencontré le génial touche-à-tout à l'Aéro-Club, dont il est l'un des piliers.

Cependant, les exploits d'autres disciples des Lilienthal, les frères Orville et Wilbur Wright, propriétaires d'un atelier de bicyclettes à Dayton dans l'Ohio, aux États-Unis d'Amérique, électrisent les foules. En 1908, ils apportent leur avion en France dans leurs bagages, comme d'autres apportent des caisses de livres ou de vêtements. C'est le *Flyer*, inventé en 1903 (soit avant la performance de Santos). Ils accomplissent un vol de cent vingt-quatre kilomètres qui dure plus d'une heure et demie : les Wright obtiennent la coupe Michelin, ce qui mécontente l'esprit chauvin français ! Cependant…

Cependant les Gaulois ont eu peu avant leur heure de gloire grâce à l'esprit inventif de deux autres frères, Gabriel et Charles Voisin, les *menuisiers de Billancourt*. Ce sont eux, les premiers constructeurs d'avions français, qui ont conçu et fabriqué l'appareil sur lequel, le 13 janvier 1908, l'ancien champion cycliste et automobile Henri Farman a bouclé officiellement le premier kilomètre en circuit fermé à Issy-les-Moulineaux. Ensuite, Farman a effectué entre Bouy et Reims le premier vol de ville à ville ! Vingt-sept kilomètres !

Nous sommes en 1907. De son côté, Louis Blériot enlève son aéroplane à soixante centimètres de hauteur, parcourant ainsi cinq à six mètres ! C'est bien, mais plutôt maigre. Jusqu'au 25 juillet 1909. Après trente-deux échecs en deux ans qui lui ont valu le surnom de *roi de la casse*, il tente le tout pour le tout malgré une blessure au pied, motivé par l'offre du quotidien londonien *Daily Mail* – mille livres, soit une petite fortune – au premier aviateur qui traversera la Manche. Et vole en vingt-sept minutes de Calais à Douvres aux commandes de son dernier-né, le *Blériot XI* ! Quarante-deux kilomètres.

Extraordinaire et passionnant, jubile Félix. Les monte-en-l'air ont de l'avenir. L'aviation n'est plus un passe-temps de fils à papa ou de casse-cou, mais un moyen de locomotion du futur ! Tu verras, Marie. Il prêche une convaincue. Elle est revenue enchantée d'une visite au champ de manœuvres d'Issy-les-Moulineaux. Il y règne une activité intense. De drôles de machines semblables à des insectes géants, assemblages de tubes, cordes à piano, bambou, toile ou soie, montées sur roues, se propulsent en crachant et toussant. Pilotes, mécènes et mécaniciens s'affairent autour d'elles sans souci de l'habit ni de la condition, s'attristent ou s'extasient en chœur. Casquette ou chapeau melon, veste de drap ou salopette tachée d'huile, chacun pousse ou tire selon besoin. Une jument et une longue corde viennent à l'appui. Un tel rassemblement d'énergies ne peut que déboucher sur de grandes réalisations.

Aussi, lorsque la presse nancéienne annonce que, à l'occasion de l'Exposition 1909, la ville souhaite créer un aéroport permanent à Jarville, tout près de Nancy, Marie casse-cou exulte !

Sa curiosité la pousse bien sûr à s'engouffrer le 1er mai, jour de l'ouverture, à la découverte de l'exposition qui attire des autos trépidantes, des files de fiacres et un défilé de parapluies blanchissant sous la neige. Palais de la Métallurgie ou des Textiles ou de la Mécanique ou de l'Électricité, Maison alsacienne, galeries du Génie civil, maison pour les PTT, syndicat des Brasseries, nouvelle École des beaux-arts, montagnes russes, kiosque à musique, pavillon des forêts ou des Chambres de Commerce de France ou des villes d'eaux de l'Est, lac artificiel avec water-chute, maison des Magasins réunis, cinématographe américain, aquarium, ferme lorraine, village sénégalais, pavillon de l'école de Nancy avec les œuvres de ses peintres, maîtres verriers, sculpteurs et céramistes. La tribu sénégalaise de cent Nègres, dont on attend qu'ils simulent leur vie quotidienne à longueur de jour, n'est pas encore arrivée, et les finitions laissent quelque peu à désirer, mais l'ensemble est prometteur.

Cependant la réalisation de l'aérodrome traîne. Des gens influents voudraient le voir s'installer ailleurs qu'à Jarville. Marie piaffe d'impatience. Enfin, les autorités s'accordent à offrir l'hippodrome de Jarville aux aviateurs. Il était temps, car le pilote lorrain Roger Sommer, élève de Farman, qui a donné son avis sur le choix du terrain, se propose de venir en septembre évoluer avec son avion sous les yeux des Nancéiens.

Marie-Myriel ne va pas rater ce rendez-vous ! Félix non plus. Ils ont hâte d'admirer celui qui, en août, vient d'établir le nouveau record français de durée de vol. Il a tenu une heure cinquante minutes et trente secondes à l'altitude de quinze à trente mètres ! Toutefois la venue de l'aviateur à Nancy est chaque jour différée. Jusqu'au 4 septembre. *L'Est Républicain*, à l'œuvre sur le quai de la gare, livre à ses lecteurs un portrait du héros. Petite taille, barbe blonde, œil vif et malicieux, il est vêtu d'un élégant costume de tourisme et coiffé d'une casquette-jockey à carreaux gris. Marie apprécie beaucoup la générosité de cet héritier de la plus grande manufacture française de feutres. Il a refusé toute rétribution. Les recettes seront versées aux bureaux de bienfaisance de Nancy et de Pierrepont, sa ville natale, frais d'installation déduits.

Et l'installation, ça doit coûter gros ! juge Marie en foulant samedi matin l'hippodrome transformé en aérodrome. L'appareil est arrivé par le train, réparti en deux wagons. Il a fallu ensuite, avec beaucoup de peine, le transporter par camion jusqu'au terrain. Menuisiers et charpentiers lui ont construit un hangar. Deux monteurs, qui se sont aussitôt mis au travail, passent les nuits sur des paillasses installées à côté de l'avion. Enfin, le premier vol doit se dérouler. Il faut avoir acquis un brassard rouge et jaune, moyennant vingt sous, pour pénétrer sur la piste, mais les dames obtiennent gratuitement cette faveur. Une rumeur circule. Trop d'arbres rendraient l'exploit dangereux. Faudra-t-il les abattre ?

À 10 h 15, le hangar s'ouvre, et les aides de M. Sommer sortent le biplan Farman. Le héros du jour finit par apparaître. Met sa casquette de telle sorte que la visière retombe sur la nuque et que la coiffure prenne l'apparence d'un bonnet. S'assied sur une sorte de fauteuil pour enfant, en osier, placé devant le moteur. On allume. L'hélice tourne à une allure folle. L'appareil avance sur ses roues caoutchoutées pendant une cinquantaine de mètres, puis s'élève insensiblement. Les visiteurs suivent avec émotion la trajectoire du grand oiseau qui va longer la Meurthe, et applaudissent à tout rompre lorsqu'il se pose sans heurt devant eux. Hélas, le vent interdit une nouvelle expérience. Et M. Sommer réclame qu'on abatte des arbres gênants.

Marie revient après le déjeuner. La brise empêche encore les essais. Des bruits proviennent du hangar. On entend scier et clouer. À l'affût de toute information, Marie découvre qu'on y construit un petit banc à placer contre le radiateur de l'appareil. Il accueillera la jeune épouse d'un industriel de Nancy. Vêtue d'un ample manteau de drap gris à carreaux, coiffée d'une casquette enveloppée d'une voilette épaisse, la dame circule sur la piste. Les spectateurs la désignent du doigt. Ça souffle de plus belle. La foule déçue s'entasse dans la buvette accolée au hangar. Sandwichs et bières défilent. Des camelots tentent leur chance. Ils vendent des bibelots en forme de ballons ou d'aéroplanes.

Une accalmie survient à 17 h 30. Deux mécaniciens tirent l'appareil du hangar. Sommer hésite. Des lazzis se font entendre, puis des cris sur l'air des lampions : Volera ! Volera pas ! Sommer attend, imperturbable. La brume approche. À 18 h 15, l'aviateur prend enfin place sur le fauteuil d'osier. Et décolle. Ses voiles blanches éclairent le crépuscule. Quatre minutes plus tard, l'homme-oiseau est de retour. Et déclare que le mauvais temps rendrait d'autres vols dangereux. La jeune femme qui attendait se voit, malgré son dépit, obligée de remettre l'expérience à un autre jour.

Dimanche matin, le vent fait claquer les volets de la chambre de Marie lorsqu'elle les ouvre sur une pluie torrentielle. Il ne se passera rien d'intéressant à Jarville, prédit-elle. Félix et elle s'offriront un bon repas au restaurant, iront au cinéma ou au théâtre. La lecture de la presse du soir lui apprend qu'elle a bien fait de suivre son instinct. *Je ne puis sortir sans risquer de casser mon appareil*, a déclaré Sommer l'après-midi. Le public excédé a donné des coups de poing et de canne contre le hangar. Les gendarmes sont intervenus, laissant espérer une sortie. Or, il n'en fut rien. Ainsi à deux reprises. À 18 h 40, cris et bousculades. Le public s'est rué vers le hangar, menaçant de tout saccager. Des officiels ont supplié Sommer de tenter l'expérience. Il a accepté. Cependant la foule, qui n'y croyait pas, a crié à la plaisanterie et refusé de se retirer. Il a fallu abattre les cloisons du hangar pour extirper l'avion. Et Sommer s'est envolé pour trois minutes trente. Vive Sommer ! a crié la foule avant de prendre les tramways d'assaut.

Lundi, il fait beau. Marie est appelée hors de Nancy jusqu'à jeudi. Elle enrage en lisant la presse. Non seulement, Sommer vole, mais il emmène des passagers. La dame qui attendait, M. Friant, président de l'Aéro-Club de l'Est créé le mois dernier, puis Mme Théret, une parente. Après que Sommer l'a invitée à s'installer dans l'appareil, celle-ci s'est rapidement dirigée vers le hangar, a ôté le grand chapeau à ailes de mouette qui la coiffait, l'a remplacé par une coiffure de forme cabriolet et s'est entouré le visage d'une voilette épaisse. Aidée d'un mécanicien, elle a ensuite pris place sur le banc disposé devant le radiateur. M. Sommer et sa *hardie compagne* ont vite disparu dans la brume. La nuit tombait. Le ronflement du moteur, qu'on entendait dans le lointain, au-dessus de la Meurthe, s'est soudain éteint. Ne voyant pas revenir l'avion, les trois mécaniciens se sont mis à courir vers le fleuve. Bientôt toutes les appréhensions étaient dissipées. M. Sommer ayant atterri, l'hélice avait embouti un repli de terrain. Chacun alors put mesurer le danger qui, à chaque seconde, menace les aviateurs.

Toutefois le danger n'effraie pas Marie. Dès le vendredi matin, car il fait beau temps, elle se précipite à Jarville. Invitée la veille au banquet donné en l'honneur de l'aviateur, l'ayant écouté discourir, elle est plus enthousiaste que jamais. Sommer, au sommet de son art, effectue des tours de piste, prend de l'altitude, réalise un splendide virage en huit avant de s'arrêter en douceur devant le hangar. Marie-Myriel aimerait l'interviewer, mais il s'approche d'une jeune fille, sa belle-sœur, qui assistait également au banquet, et l'invite à exécuter un tour de piste. Joyeuse, la demoiselle se débarrasse de son chapeau et de son mantelet, qu'elle jette sur le pré. Un galant spectateur lui prête la main. Marie piaffe. Quand pourra-t-elle happer M. Sommer ?

Bientôt il est de retour, après une splendide envolée. Marie se précipite vers l'heureuse passagère pour lui demander ses impressions. Délicieux, absolument délicieux, répond celle-ci. Marie brûle de monter elle aussi dans l'appareil – voler n'est-il pas son rêve ? – mais la fierté l'empêche de quémander. Son regard, teinté de cette ombre violette qui signe sa volonté d'aller toujours plus loin, toujours plus haut, toujours plus vite, croise alors celui de Sommer. Voulez-vous accepter un tour, Mademoiselle ? Les yeux de Marie s'allument de paillettes, un sourire éclatant illumine son visage. En un clin d'œil, elle jette à terre son appareil photographique, son manteau et son canotier, arrache pour s'en couvrir la tête la casquette du président de l'Automobile-Club et grimpe dans l'appareil en s'écriant : Quel bonheur !

Sommer prend place. L'hélice tourne. Le moteur ronfle. Le biplan s'élance. Marie est aux anges.

Elle vogue encore dans les nuages longtemps après qu'elle a mis pied à terre. Un jour, elle le sent, elle pourra survoler les cimes de Chamonix ! Mais quand ?

NANCY-SOUTHWOLD, OCTOBRE 1909

Un bon mois plus tard, le 26 octobre, Marie et Félix se dirigent d'un pas alerte vers le parc de la Pépinière. Le chemin n'est pas long, puisque les balcons de l'appartement qu'ils occupent place de la Carrière donnent sur ce merveilleux espace de vingt-trois hectares, créé en 1765 par le roi Stanislas. La plus belle des promenades, si tant de gens ne l'élisaient pour s'y suicider. Grande terrasse, jardins anglais avec pelouses, massifs, corbeille, bassin et jet d'eau, serres et magnifiques quinconces d'ormes, de frênes et de trembles géants. Mais Marie et Félix ne s'y rendent pas pour le plaisir d'une promenade ordinaire. La preuve : l'équipement de Marie ! Vêtue de son costume-tailleur de lainage marron à jupe-culotte, le col de son chemisier blanc garni d'une cravate bordeaux formant nœud papillon, elle porte une fourrure sur le bras, et de bonnes chaussures basses montantes. Un bonnet de laine tricoté par elle-même, appelé passe-montagne, coiffure bien éloignée des chapeaux féminins à fleurs et plumes de faisan en vogue à l'époque, lui enserre la tête.

Hier, elle est venue surveiller le gonflement du ballon qui doit l'emporter avec un passager, M. Garnier, et voici le grand jour arrivé ! Nancy abrite en effet depuis le mois d'août un Aéro-Club de l'Est, présidé par le peintre Émile Friant, aéronaute et ami de Marie. Parc d'aérostation, important matériel, services d'aérostiers, rien ne manque. L'*Étoile filante* est un superbe aérostat de neuf cents mètres carrés, en tissu caoutchouté.

M. Garnier apparaît au même instant que Marie, heureux de prendre enfin son baptême de l'air. Il n'a jamais effectué d'ascension et accorde toute sa confiance à Mlle Marvingt, car les journaux ont largement cité l'un de ses précédents voyages lors d'un concours. *L'intrépide sportswoman* a été invitée à diriger l'une des six nacelles qui se sont élevées au-dessus de la Pépinière. MM. Blanchet et Friant en commandaient deux autres. À bord de l'*Aiglon*, Mlle Marvingt a accompli en tant que pilote-aéronaute la performance de rallier en vingt heures Nancy à Graben-Neudorf, près de Karlsruhe, dans le grand-duché de Bade. Ce qui lui valut de décrocher le record de la durée. *Un véritable record*, a-t-elle déclaré à *L'Est Républicain*, ajoutant : *Je ne pense pas qu'aucune femme pilotant un ballon ait accompli pareille prouesse... Et Mme Surcouf, seule avant moi, avait piloté un ballon dans la nuit.* M. de Brabois, qui l'accompagnait, s'est déclaré enchanté. Puis, au mois d'octobre, Mlle Marvingt s'est envolée du parc de la Chiennerie avec deux passagers, et a joliment atterri à Vitry-le-François. M. Garnier ne se fait aucun souci.

Cependant, le départ de l'*Étoile filante* n'ayant pas été annoncé par la presse, seuls quelques rares amis, dont

M. Friant, sont venus y assister. La matinée est belle. Un bon vent fait espérer un voyage intéressant.

11 h 07. Lâchez tout! ordonne Mlle Marvingt, après avoir envoyé du bout des doigts un baiser à Félix, qui crâne pour masquer son émotion. Les aéronautes sourient à M. Mercier, l'oncle de M. Garnier, venu les photographier, et le ballon s'envole.

Marie s'équilibre à neuf cents mètres. M. Garnier rit comme un enfant en reconnaissant des localités connues. Laxou, Champigneulles, Bellefontaine, Frouard. À Custines, le ballon plane sur un océan de nuages dont les vagues moelleuses moutonnent sans fin. Le bleu du ciel est d'une pureté absolue. Les deux aéronautes forment une bonne équipe. Elle surveille les appareils, il lit la carte.

Vers midi, Marie désigne la Seille, frontière franco-allemande. L'ombre du ballon se dessine sous lui, dans le nuage, auréolé d'un cercle irisé. À 12 h 35, les aéronautes franchissent la Moselle, serpent d'argent qui s'étire à perte de vue. Ah, voici Ars et ses forges qui grondent! À droite, dans la grande plaine déserte de Frescaty, se dresse le hangar colossal du Zeppelin. Le ballon passe à l'ouest de Metz, et la vieille cathédrale apparaît au travers des nuages qui se déchirent. Une vraie joie pour Marie, qui a vécu pendant dix ans dans la cité messine. Défilent à présent les champs de bataille de Gravelotte et Saint-Privat, théâtres de violents combats en 1870. Ici se produit une condensation qui oblige Marie à jeter un peu de lest. Elle survole Briey à 13 h 30. Allure douce. Moyenne de vingt-quatre kilomètres à l'heure.

À 14 h 45, nouvelle condensation. Un peu de poudre part au vent.

À partir de 15 h 30, un nuage laiteux cache la terre pendant vingt minutes, puis la disposition de routes et de rails leur permet de se repérer. Bientôt, ils survolent le Luxembourg. Châteaux, donjons, bois teintés de rouille. Quel paysage charmant ! Mais l'admiration des aéronautes atteint son apogée à 16 h 45, au-dessus de Diekirch. Une forteresse, tel un jouet d'enfant, domine la ville qui s'illumine. Un grand ruban de voie ferrée, contre lequel glisse la Sûre, borde l'ouest de la cité. Le crépuscule revêt les grandes cheminées et les toits d'ardoises d'un voile bleuté qui reflète les feux électriques. Magique ! s'exclament Mlle Marvingt et M. Garnier d'une seule voix.

Le vol se poursuit vers le nord. À 17 heures, les passagers de *L'Étoile filante* distinguent deux grandes agglomérations qui doivent être les cités belges de Spa et de Verviers. Il fait nuit et la vitesse du ballon augmente. À 18 h 15, voici la ville immense d'Aix-la-Chapelle, en Allemagne. Comme ils allument la lampe à bord, ils distinguent, venant d'en bas, les cris de : Ballon ! Ballon ! Ils prennent une collation en franchissant le Rhin et, après une demi-heure de vol ultra-rapide, reconnaissent les cheminées colossales de la fonderie de canons Krupp, à Essen.

Non contente de gérer la manœuvre, Marie prend furieusement des notes sur son livre de bord. *Traversons la Lippe*, écrit-elle. *La vitesse de la soufflée augmente encore.* Ils sont à trois cents mètres et survolent des villages à une rapidité folle. À tel point qu'ils en perdent le compte. Où sommes-nous ? crient-ils vers 19 heures aux gens en dessous. Près d'Enschede, leur répondent ceux-ci en hollandais. Marie pense alors faire un atterrissage forcé, cherche l'endroit adapté, mais voici que la direction du vent change d'un coup ! La boussole indique franchement l'ouest ! s'écrie-t-elle... Tentons-nous la traversée de la mer du Nord, M. Garnier ?

Marie sait que les vents soufflent en général des îles britanniques vers le continent. Des pilotes d'aérostats ont réussi la traversée dans ce sens avec des fortunes diverses. En revanche, dans l'autre direction, depuis la France, c'est une autre paire de manches ! Pilâtre de Rozier, le premier aéronaute, trouva la mort dans cette tentative. Jules Duruof et sa jeune femme voulurent s'y essayer pour leur voyage de noces. Ils se réjouirent d'être repêchés en pleine mer, après avoir couru les pires dangers. Jusqu'à François Lhoste qui, après cinq essais malheureux, toucha enfin le but en 1883. Est-ce pour tester le courage de M. Garnier ? Marie lui rappelle la liste des expériences ratées.

Or, ajoute-t-elle, pour avoir beaucoup navigué à la voile dans ces régions, je sais que, lorsqu'on a le plein vent d'est, on est porté vers l'Angleterre et qu'il survient rarement des courants contraires.

Ils glissent à une allure vertigineuse.

Allons-y ! accepte M. Garnier.

À peine se sont-ils décidés qu'ils atteignent une immense étendue d'eau, sans doute la partie sud du Zuiderzee. Des vagues déferlent au-dessus des digues. À leur gauche, scintille une grande ville, Amsterdam. Il est 19 h 50. La nuit est sombre, belle cependant. Marie possède encore cinq sacs de lest, et c'est avec une pleine confiance dans le succès qu'elle entreprend la traversée. Quittant le Zuiderzee, ils survolent les immenses taches grises des polders, entendent crier des goélands.

Vingt minutes après, ils aperçoivent les phares de la côte et leurs feux multicolores tournoyants. Les dépassent sans la moindre émotion. À peine ont-ils atteint la mer du Nord qu'il se produit une condensation. Marie effleure l'eau du guiderope pendant un bon moment, mais une mer forte l'oblige à délester. Le ballon remonte. Plus aucune lumière à l'horizon. Et pas la moindre lune, qui serait tant appréciée. Les conditions ne sont toutefois pas mauvaises.

Hélas! vers 21 heures, au grand large, tout change! La température s'abaisse d'un coup. Le verre du baromètre enregistreur se couvre de glace. Les cordes de la nacelle sont déjà gelées. Malgré leurs fourrures, les passagers se raidissent sous le froid. Marie grelotte si fort qu'elle cède le guiderope à M. Garnier. Ils sont à mille six cents mètres d'altitude. C'est alors que la neige se met à tomber comme en plein hiver. À travers la lueur de la lampe, Marie distingue même quelques aiguilles de glace, signe précurseur de l'orage. Bientôt les fourrures blanchissent, et le ballon descend très rapidement. Un sac de lest ne parvient pas à enrayer sa chute. Surchargés par la neige, les aéronautes arrivent à une vingtaine de mètres de la mer, et guideropent. Cette fois, des vagues énormes, furieuses, impriment à la nacelle un fort mouvement de roulis par l'intermédiaire du cordage.

Vont-ils heurter le flot ?

Marie jette encore du sable et ils s'élèvent à mille sept cents mètres. La neige continue à tomber. Le statoscope accuse une nouvelle descente et, une troisième fois, le guiderope laisse échapper un son rauque en se frottant à la mer.

Les flocons blancs voltigent. Il faut envisager le moment proche où les sacs de lest seront épuisés. L'ouragan hurle. À 22 heures, Marie vide son dernier sac. Au sommet d'une nouvelle montée, à bout de lest, elle se décide à préparer le flottement de la nacelle. Sort les bâches mouillées de leur filet. Décroche l'ancre et la corde d'ancre. Le ballon descend de ses deux mille quatre cents mètres avec une rapidité vertigineuse. Marie jette alors les bâches par-dessus bord. Presque en vain. Succédant à la neige, une pluie torrentielle les inonde. Toujours aucune lueur hospitalière à l'horizon zébré d'éclairs.

Soudain, une violente secousse agite la nacelle. Marie guiderope. Ils sont très bas. À quelques mètres d'eux, la mer mugit, écume, les guette. Superbe tempête ! admirent froidement les passagers. Cependant, tous les agrès engloutis, il ne reste que l'ancre. Le titre de *Fiancée du danger*, dont on pare Marie, lui revient à la mémoire. Qui vaincra cette fois ? La fiancée ou le danger ? Mais elle garde confiance.

Voyant le péril s'aggraver, elle enjoint M. Garnier de jeter l'ancre à la mer. Le guiderope s'arrache à la vague lorsque leur dernier lest va dormir à jamais sous les flots. *Pour un maigre bond de deux cents mètres*, note Marie sur son livre de bord. Cela suffira-t-il ?

Le terrible grondement de la mer s'est éloigné, et la lune apparaît enfin à travers des tulles épais. L'envol dure peu, hélas ! Et la descente vers la tempête est aussi rapide que la montée. À 23 h 30, le guiderope touche la mer bouillonnante, y trace un long sillon argenté. Les aéronautes vont devoir affronter la vague. Fini, le voyage aérien !

Or, la boussole indique toujours l'excellente direction plein ouest. Si l'*Étoile filante* accepte de lutter avec nous, dit Marie, nous avons une chance de gagner les côtes anglaises.

Elle coince son livre de bord sous son chemisier et donne à M. Garnier les instructions indispensables pour l'atterrissage, au cas où elle seule serait arrachée de l'esquif improvisé. Malgré la gravité du moment, ils attendent impassibles, tapis au fond de la nacelle, agrippant les cordages de leurs mains aux jointures douloureuses.

Attention, le flot ! Des vagues de plus de dix mètres se brisent sur eux en une caresse plutôt brutale ! L'une arrache violemment feutre et passe-montagne. Une pluie d'étincelles jaillit autour de l'osier qui crie. Les passagers se rejettent en arrière pour redresser la nacelle, le guiderope rétablit l'équilibre, le ballon s'élève de quelques mètres. Mais pour peu de temps. Deux minutes plus tard, l'onde salée les submerge à nouveau. Et brise la glace du baromètre, qui s'éparpille en morceaux.

Soudain, loin sur leur gauche, apparaît le feu rouge d'une barque de pêcheurs qui fuit sous la tempête. Les hommes ne les aperçoivent même pas. Sans se lasser, ni se lasser d'admirer la splendeur des montagnes mouvantes, les aéronautes luttent avec énergie. Toutes les deux minutes, ils disparaissent sous la vague, et remontent un peu jusqu'à la suivante. Ils doivent se cramponner de toutes leurs forces aux cordages pour ne pas être emportés. La moindre inattention pourrait les perdre.

Pendant plus d'une heure, les rouleaux immenses les fouettent, les brisent, les secouent, projettent violemment leurs têtes contre l'osier. Ils ont froid aux os, claquent des dents. Marie juge son compagnon admirable. Pas une seconde il ne se départit de son sang-froid, ni de son calme. Il garde confiance malgré le danger.

Vers minuit et demie, passe dans l'ombre une forme gigantesque, tel un vaisseau fantôme avec des ailes de géant. À quinze mètres environ. Des cris terribles se font entendre. Redoute-t-on la collision sur l'autre bord ? Cependant les allures sont si vertigineuses que le feu arrière du bateau n'est bientôt plus qu'une petite étoile lointaine.

Très loin, dans la même direction, passe ensuite, tel un bolide, la longue traînée lumineuse d'un paquebot. Lui aussi disparaît dans les ténèbres.

Soudain, un astre d'or embrasse l'horizon ! Cette fois, c'est bien un phare ! Sauvés ! Il grossit vite, et les passagers de la nacelle distinguent ses feux tournoyants. Trois quarts d'heure passent ainsi. Les aéronautes redoublent d'énergie sous la tempête qui semble ne jamais vouloir s'arrêter.

Terre ! L'Angleterre ! s'écrie Marie. Il est une heure et demie du matin. Doutant d'abord de ce qu'elle avance, M. Garnier reconnaît que, cette fois, ils touchent à la victoire. Cependant, leur vitesse est impressionnante, au moins du quatre-vingts à l'heure, et une falaise se dessine devant eux ! Vont-ils se fracasser contre elle après avoir échappé à la vague ? Est-ce la mort inévitable ? Mais le guiderope quitte l'eau lorsqu'ils touchent la plage, leur faisant accomplir un bond de cent mètres et franchir l'obstacle sans difficulté. Ouf ! Marie s'apprêtait à jeter par-dessus bord les fourrures mouillées pour se délester. Jugeant le terrain propice, elle envisage aussitôt l'atterrissage.

Attention, M. Garnier, hurle-t-elle, le choc sera violent ! Suspendez-vous au cercle de charge !

Marie tire la soupape du panneau de déchirure, qui commande le dégonflement. Sans grand succès. Le sol approche à toute allure et les manœuvres sont vaines... Brusquement la nacelle stoppe dans un arbre, se retourne presque et Marie plonge, la tête en avant, dans un buisson. Son cœur s'emballe quand elle voit le ballon filer avec son passager. Comment va-t-il s'en sortir ? Par chance, l'aérostat très dégonflé ne pourra pas aller bien loin.

Non sans difficulté, Marie se dégage des ronces et des épines. Des débris de genêt et de sapin s'enchevêtrent dans ses cheveux mouillés. Transie, grelottante sous la pluie diluvienne, elle prend dans l'ombre la direction vers laquelle a disparu l'*Étoile filante*. Le sol est marécageux, elle avance avec peine. Au bout de deux cents mètres, elle s'immobilise, perplexe, devant un cours d'eau que la tempête a transformé en torrent. Le courant est tel que ce serait folie pure de vouloir le traverser à la nage.

À regret, Marie revient sur ses pas et retrouve l'endroit où la nacelle s'est renversée. Elle défait sa cravate et l'attache, comme point de repère, à l'arbre qui a arrêté le ballon.

Le phare qu'ils voyaient de la mer était proche, songe-t-elle, il y a forcément des habitations à faible distance. Sous la pluie et un vent qui la renverse presque, elle s'engage sur une route déserte, bordée d'arbres et de pâturages, recouverte d'au moins dix centimètres d'eau. Après un kilomètre environ, elle distingue des maisons. De petits cottages à un étage, bordés de jardins, alignés dans l'ombre.

Une fenêtre laisse filtrer de la lumière. Soudain, un cycliste ! Marie l'interpelle, et s'amuse de son effarement lorsque à la lueur de sa lanterne, il reconnaît une silhouette féminine. Et quelle silhouette ! Trempée, maculée de boue et de déchets ! En quelques mots d'anglais, elle lui raconte le voyage aéromaritime qui explique l'état de son costume. Ahuri, il commence par révéler que les paquebots mettent onze heures et demie pour venir de Hollande. Alors qu'il a fallu aux aéronautes seulement cinq heures pour parcourir ces deux cents kilomètres de mer… Il dit aussi qu'il ne se souvient pas d'avoir vu pareille tempête ! Puis il fait entrer Marie dans une maison voisine, où trois dames charmantes s'empressent autour de la rescapée. Elle apprend qu'elle se trouve sur la côte de la ville de Southwold, dans le comté de Suffolk. Tout irait bien sans l'anxiété qui la ronge quant au sort de M. Garnier.

Grelottante, gênée par son épouvantable odeur de chien mouillé, elle donne des indications pour qu'on s'occupe au plus vite de retrouver son compagnon, désigne sa cravate comme point de repère. Puis elle accepte des vêtements secs, rince ses cheveux, va se réchauffer près d'un grand feu qui calme bientôt ses frissons. Il est 2 h 15. Débutent des minutes interminables d'angoisse et d'inquiétude. Qu'aurait-ce été si Marie avait aimé cet homme d'amour ? Ses poumons, si vaillants pendant la traversée, semblent refuser de s'emplir d'air. Enfin, vers 4 heures du matin, arrive un *policeman* qui tient à la main la cravate de Marie. Seul. Mais il lui apprend aussitôt que M. Garnier est sain et sauf. Des larmes de joie inondent ses joues ! Elle a eu si peur d'avoir trompé la confiance de son passager, d'être la cause de sa mort ou de blessures graves qui l'auraient handicapé à vie. Quant au ballon, amarré à trois kilomètres de là, complètement aplati, il est sous bonne garde.

Le carillon de la pendule sonne 5 heures moins le quart lorsque M. Garnier frappe à la porte. Il s'est fait un sang d'encre en voyant Marie quitter si brusquement la nacelle. Lui-même, suspendu à la corde de soupape, a atterri quelques mètres plus loin, dans un chêne. De branche en branche, il est alors tombé sur le sol, ne se faisant que de légères contusions. Il a ensuite longtemps fouillé les buissons alentour, cherchant Marie. Son regard en dit long sur l'inquiétude qui l'a étreint, lui aussi, à l'idée qu'elle pouvait s'être gravement blessée.

Bien qu'austère et bourru, Félix n'a pas pu cacher sa fierté au retour de Marie, et prétend qu'il ne s'est pas inquiété une seconde. Ce n'est pas mal, ajoute-t-il après réflexion, mais tu aurais pu aller jusqu'en Irlande. Les voici qui, dans le salon encombré de bibelots et de souvenirs, devant une tasse de thé apporté par la domestique, Marguerite, examinent la presse relative à l'exploit. Félix a dévalisé le kiosque.

Soudain Marie bondit. Tu as lu les âneries de *Gil Blas*, papa ? Pures inventions ! *Mlle Marvingt, légèrement contusionnée à la cheville, se fit panser à Easton et rejoignit à Regdon M. Garnier qui avait poursuivi sa route avec le ballon.* Mais, mais… Elle manque s'étouffer d'indignation. S'aperçoit ensuite que *L'Est Républicain* l'a trahie aussi, reprenant l'information fantaisiste diffusée par l'agence de presse Havas. Même son de cloche dans *La Petite République*, dans *Le Figaro*, dans *Le Gaulois*, dans *Le Courrier de Saône et Loire*, dans *Le Petit Journal*, celui-ci pardonné pour son joli titre *Une femme traverse la Manche en ballon.*

Elle se calme à la lecture du texte paru dans *Le Journal des débats politiques et littéraires.* Véracité des faits. Six lignes sur l'ensemble de sa carrière sportive. Idem dans *L'Aurore.*

Oh, papa, et tu as lu ce qu'écrit *L'Écho de Paris* ? Incroyable ! *M. Garnier et Mlle Marvingt qui, depuis fort longtemps, font des ascensions en ballon…* Comme M. Garnier est un homme, c'est forcément lui qui commande ! Une femme ne saurait être le chef ! Et mêmes fadaises dans *La France*, *Le Temps*, *La Dépêche du Berry*. *L'Illustration*, aussi. Quelle déception ! *Le Rappel* s'est en plus fendu d'un : *Pour des amateurs, c'est fort beau !* Non, mais ! Faut-il que je leur mette sous le nez mon brevet de pilote-aéronaute ? Texte repris le lendemain par *Gil Blas*, comme si ce quotidien n'avait pas déjà imprimé assez de bêtises sur son compte ! Marie fulmine. Ah, on sonne ! Marguerite, partie ouvrir la porte, revient en disant que le correspondant du *Radical* demande à être reçu par Mademoiselle.

Qu'il entre! Et sans lui laisser le temps de respirer, elle assène, *avec un petit air vexé qui lui va très bien*, écrira le chroniqueur: D'abord je me demande comment les journaux ont pu raconter que j'étais blessée. Je n'ai absolument rien. Mon compagnon de route, M. Garnier, s'est seul un peu meurtri la hanche! Son regard se fait alors sévère. Écrivez aussi que je n'ai pas sauté de la nacelle, ainsi que d'aucuns le prétendent. Jamais de la vie! Ce n'est pas digne d'une aéronaute! Les « canards » imaginés sur mon compte, ajoute-t-elle, sont le seul point noir à mon bonheur.

Mais en novembre, *L'Aérophile* publie une belle page titrée *Mademoiselle Marie Marvingt*. Et croit devoir s'excuser auprès des lecteurs masculins de leur retirer la vedette. *Bien que de nombreux aviateurs aient récemment conquis le droit de figurer dans notre galerie de célébrités aéronautiques contemporaines, il nous a semblé qu'ils devaient aujourd'hui céder leur tour à une femme aéronaute...* Quand même! s'exclame Marie, émue d'être enfin reconnue. Le texte qui suit lui met du baume au cœur: *C'est l'une des plus audacieuses traversées de la mer du Nord du continent en Angleterre, la première qu'ait effectuée une femme, et cette femme n'était point une simple passagère, elle était le pilote et le chef de bord!* Le pilote et le chef de bord, répète Félix aux anges, soulagé par ce compte rendu honnête.

Puis un beau reportage paraît dans *La Vie au grand air*, avec une photo de Marie; une autre de M. Garnier; une troisième du ballon dégonflé et entouré de curieux; enfin une carte du chemin suivi, avec ces précisions: *Le voyage de sept cent vingt kilomètres a duré quatorze heures et demie.* Et ce commentaire : *Ils avaient une chance sur mille de ne pas tomber en mer !* Un homme à ma place n'aurait pas mieux fait, songe Marie avec fierté. Car son but n'est pas de collectionner les records, mais de démontrer qu'une femme peut être l'égale de l'homme. De prouver qu'elle peut faire son travail avec la même certitude qu'un homme. Et qu'être femme ne force pas à douter de soi !

Pour finir, *Le Petit Journal* la prie de raconter, longuement, son odyssée sous le titre : *Comment la mer du Nord fut traversée en ballon, en pleine tempête, au milieu de la nuit.* Un article qui s'étale sur plusieurs colonnes ! Où elle peut dire sa vérité. Elle la répétera sur quatre pages dans *L'Aérophile* du 1er janvier 1910.

MOURMELON, 8 NOVEMBRE 1910

En ce 8 novembre gris souris, Marie casse-cou s'installe avec espoir et enthousiasme au volant d'un monoplan Antoinette.

Elle a soigneusement étudié son équipement pour ce grand jour. Au risque de choquer les esthètes à l'esprit conservateur, qui s'obstinent à préférer que les personnes du *sexe aimable* restent de *gracieuses championnes des airs*, le pratique dame le pion à l'élégance. Son bonnet de fourrure lui emboîte bien la tête et ne se déplace jamais : elle a vu un chapeau mal fixé causer un bris d'hélice. Son costume-tailleur à jupe-culotte en épais lainage marron lui permet sans difficulté de monter et de descendre de l'Antoinette. Elle a superposé son paletot de cuir noir et sa fourrure. Pour tenir les pieds à bonne température, un long sac-chancelière en peau de mouton, muni d'une courroie passant dans le cou, plus chaud que les guêtres et ne gênant pas le mouvement des pieds sur la barre de direction. Aux mains, de longues moufles de fourrure. On est relativement abrité dans un monoplan Antoinette. Elle n'est donc pas allée jusqu'à utiliser le casque et la combinaison masculine. Mais elle n'a pas oublié sa bouteille emplie d'alcool. Une éponge, plongée dedans au bout d'un fil de fer, lui sert à retirer la pluie d'huile de ricin qui obscurcit ses lunettes.

Que de chemin parcouru, en un peu plus d'un an, depuis son équipée dans la sauterelle de Roger Sommer ! Ça n'a pas l'air si compliqué que ça ! avait jugé Marie alors que l'aviateur atterrissait. Quelques jours plus tard, elle partait pour le camp de Mourmelon-le-Grand, près de Châlons. Avec l'intention de devenir l'élève du pilote Hubert Latham, le premier homme qui survola la mer.

Un original, ce Latham ! Visage glabre. Ni barbe ni moustache, si fièrement cultivées par les élégants de l'époque. Les yeux ardents d'un illuminé. Une éternelle cigarette pendue à ses lèvres pincées. Spirituel. Cavalier distingué. Parlant quatre langues. Diplômé de droit et de sciences politiques. Lui aussi, comme Marie, a traversé la Manche en ballon, mais dans le sens Angleterre-France, plus facile. Fils d'un armateur havrais, riche et oisif, il a bénéficié d'une éducation franco-britannique. Il pilote des bateaux de course. A mené une expédition d'exploration en Abyssinie, collecté pour le Muséum national d'histoire naturelle à Paris, entrepris un travail de repérage géographique pour l'Office colonial français. Il a visité l'Extrême-Orient. Ayant assisté en 1908 à l'un des vols de Wilbur Wright, il a décidé d'apprendre à piloter sur monoplan Antoinette. Un an plus tard, devenu pilote d'essai de cette société, il a remporté plusieurs trophées : endurance, distance, vitesse, hauteur.

Puis, alléché par l'offre du *Daily Mail*, il a tenté à plusieurs reprises la traversée de la Manche, de Sangatte à Douvres. Sans succès. Il a été plusieurs fois repêché en mer, notamment à une portée de fusil de la côte anglaise. Ce qui a permis à Louis Blériot de réaliser l'exploit. Et Latham en a été amer. Mais il s'est distingué par la suite.

C'est notamment lui qui, lors de la Grande semaine d'aviation de la Champagne, fameux meeting de Reims, a remporté en ce dernier mois de juillet le Grand Prix décerné par *Le Petit Journal*, attribué à l'aviateur qui aurait accompli les performances les plus remarquables. Et ce brillant pilote, tout en collectionnant les records, dirige donc l'école d'aviation créée à Mourmelon par la société Antoinette. Il a inventé un appareil de pilotage à deux places, et il emmène des passagers ! Ainsi, la baronne Raymonde de Laroche, née Élisa Deroche, une artiste lyrique qui avait pris ce pseudonyme pour lancer sa carrière. Et avait, depuis, troqué ses robes de soie et ses chapeaux à aigrette contre de gros chandails et des passe-montagnes.

Marie a donc quitté Nancy pour Mourmelon, en pleine Champagne pouilleuse. Arriver au camp a été une expédition. Pas une chaumière, pas une masure, à des kilomètres à la ronde. Une plaine lugubre. Et soudain, devant les phares de l'omnibus antédiluvien, a surgi une ville en miniature, semblable à l'une de ces cités américaines élevées pour les besoins de chercheurs d'or. Des constructeurs y ont multiplié leurs hangars. Farman, Voisin, Antoinette.

Chacune de ces écuries loge ses pilotes dans un hôtel pourvu d'un salon confortable et d'une élégante salle à manger. On y mène une vie très gaie. Après le dîner, on sable le champagne, on bat les cartes, on chante des refrains joyeux, on esquisse un pas de boston. Latham se plaît à couper avec un couteau, à la volée, les pommes qu'on lui envoie de l'autre extrémité de la salle. On fait subir un baptême de farine aux nouveaux arrivants. Certains soirs, on participe à des soirées musicales ou littéraires. D'autres soirs, on file à Reims s'amuser du spectacle donné au casino rémois. *Entre autres n'avons-nous pas aperçu hier soir Labouchère et Mlle Marvingt?* a révélé en juillet *L'Indépendant rémois*. Une idylle naissante avec l'aviateur René Labouchère, le cousin d'Hubert Latham ? s'interroge-t-on. On croit savoir qu'il emmène souvent l'aviatrice dans son auto, pour rejoindre l'aérodrome, ainsi que dans son Antoinette. Et, en effet, comment ne pas s'éprendre d'une femme aussi éblouissante ! Mais, voyons, le cœur de Marie ne bat que pour l'action et la liberté !

Il y a donc un peu plus d'un an qu'elle a pris à Mourmelon sa première leçon, saluée par quelques articles de presse rappelant *ses récentes prouesses en ballon libre et sa traversée de la Manche*, et maintenant, elle se prépare à décrocher le brevet de pilote-aviateur.

Et c'est le jour de ma première leçon avec Latham, se souvient-elle en ajustant sa chancelière, qu'il a marqué un jalon dans l'histoire de l'aviation ! Invité à chasser près de Reims dans les propriétés du marquis de Polignac, Latham a imaginé de faire le trajet en aéroplane, plutôt qu'en automobile ou par chemin de fer. Il est donc revenu par les airs avec ses fusils et son tableau de chasse. Jamais les nouveaux engins n'avaient été jusqu'ici dévolus à la vie courante. Marie jubilait ! Cette promenade laissait prévoir que l'aviation, un sport, se transformerait un jour en moyen de locomotion. Félix ne l'avait-il pas prédit ?

N'empêche que les relations de Marie avec Latham ont parfois été orageuses. De huit ans son cadet, il n'hésite pas à lui parler sur un ton condescendant. Il est plein de morgue. Il croit que les femmes ont forcément tort. Et pourtant, il se flatte de sa compagnie auprès de la presse. Interviewé par *La Croix* après une chute en Égypte d'une hauteur de quarante mètres, sorti indemne des débris de son appareil, il a déclaré : *J'aime mieux évoluer dans le vent que par calme plat. Ainsi, il y a quelque temps, pilotant, par un temps idéal, l'Antoinette en compagnie de Mlle Marvingt, j'ai été pris dans un tourbillon comme jamais je n'en avais connu. Il m'a fallu manœuvrer rapidement le gauchissement pour éviter la chute. Je suis plus tranquille dans la rafale.*

Marie se souvient très bien de l'épisode. La question s'était posée de savoir s'il valait mieux monter ou descendre. Marie avait proposé de descendre, il avait choisi de monter. À tort. Ce qu'elle lui avait ensuite fait remarquer. Car elle a son franc-parler, Marie ! Mais il l'avait mal digéré. Entre eux rôdait également le souvenir d'une certaine soirée, en présence de nombreux journalistes. Dans la conversation, Marie révèle qu'elle lit dans les lignes de la main. Latham lui tend sa main gauche ouverte. Et moi, Mademoiselle, interroge-t-il, que lisez-vous dans ma ligne de vie ? Après un bref coup d'œil, elle feint de n'avoir pas entendu. Il insiste. Mort accidentelle, dit-elle. En avion, bien sûr ! s'amuse Latham.

Eh non, réplique Marie. Au milieu des fauves, avant deux ans. Latham éclate de rire. Passionné par l'aviation, il est l'un des plus assidus au travail. Lorsque l'état du ciel ne lui permet pas d'emmener ses élèves, il essaie quelque nouvel appareil. Abandonnerait-il cette vie qui lui plaît tant pour courir la jungle ? Il n'y croit guère. Hausse les épaules. Marie, sûre d'elle, murmure, juste assez fort pour qu'il l'entende, qu'il ne faut pas demander ce genre de renseignement si l'on ne peut accepter la réponse.

Les relations avec d'autres chefs pilotes ont été nettement plus sereines. Depuis la fin du mois d'août, elle est l'élève du charmant Alexandre Laffont, 26 ans. Au mois de décembre précédent, elle s'était entraînée à Reims avec un autre moniteur réputé, Charles Wachter. Elle en a tiré d'excellents enseignements. Hélas, Wachter est mort en juillet, pendant la Semaine d'aviation de la Champagne. Son avion s'est brisé en vol sous le regard de plus de cinquante mille personnes. Dont sa femme et son enfant.

Impossible de ne pas penser à la mort lorsqu'on monte dans un avion. La conquête de l'air a coûté de nombreuses vies cette année. Son progrès se paie du prix du sang des martyrs de la nouvelle locomotion. Beaucoup tomberont encore, songe Marie, perspective qui ne fait pas reculer les plus vaillants. Elle parmi eux.

Marie ne craint rien, mais on ne sait jamais, et elle refuse de laisser à Félix la charge pénible de commander un cercueil, de faire rapatrier ses restes. À peine avait-elle mis le pied à Mourmelon qu'elle s'est rendue chez le plus proche agent de pompes funèbres, a souhaité tout régler à l'avance.

La tête du brave homme à cette proposition la fait rire aux éclats. Il n'a sûrement aucune idée des risques qu'elle a pris cette année ! À commencer par l'épisode de février à Gérardmer. Première dans la course à skis des dames, elle n'a pu prétendre à pareille réussite dans la Course de la presse : sa luge s'est transformée en petit bois juste avant l'arrivée, à la grande frayeur des autres journalistes ! Et puis surtout le bobsleigh à Chamonix, peu après. Des remarques fielleuses, laissant entendre qu'elle n'était pas capable, qu'elle manquait du courage nécessaire, ainsi que l'invitation pressante du président du Bobsleigh-Club de France, l'ont incitée à relever le défi, elle qui n'avait jamais essayé. Elle s'est prise au jeu. La première expérience ne fut guère encourageante. L'*Oiseau des Glaces* l'envoya valdinguer, elle et ses coéquipières, dans une neige épaisse et moelleuse où, par chance, n'émergeait aucun rocher. Mais le lendemain, elle effectuait la descente en une minute onze secondes et gagnait la coupe Léon Auscher ! Ensuite, joli souvenir, tous les bobs montés par les concurrentes, tirés par des chevaux, ont traversé Chamonix musique en tête, escortés par les Chamoniards. Aux flocons de neige, se mêlaient les roses et les œillets de Nice jetés aux lauréates. Dans la foulée, Marie a remporté le rallie-papiers à skis ainsi que la course de luges.

Elle continue à préférer les sports disputés en solitaire. On ne peut s'en prendre qu'à soi lorsque la performance est médiocre. Et surtout, elle pense qu'il est vain de ne rechercher dans un sport que le plaisir et la griserie du moment. Tout exercice doit pouvoir développer un aspect pratique, utile ou scientifique. Qui donc pourrait en trouver au bobsleigh ?

Cette année, elle a aussi réalisé deux belles ascensions en ballon. La première de Saint-Cloud jusqu'à Rondefontaine dans le Doubs, près de la frontière suisse. Sur le ballon *Lorraine.* C'était la première fois que, dans une épreuve de distance, une dame aéronaute figurait sur la liste des concurrents. *Rude épreuve même pour un homme*, a signalé *Le Journal.* Et d'ajouter : *Certains pilotes emmènent des dames comme passagères ; Mlle Marvingt emmène un passager. Ici, c'est le sexe faible qui commande.* La deuxième ascension la mena de Nancy à Neufchâteau, en Belgique. Une de plus, une de moins, quelle importance ? songe-t-elle. L'essentiel, c'est le bonheur qu'elle y trouve. En tout cas, elle n'a pas usurpé son brevet de pilote d'aérostat, décerné au mois de juin ! Le troisième brevet féminin après Mme Surcouf un an plus tôt, et Mme Carton, récemment.

Et aujourd'hui, en ce 8 novembre, Marie se prépare donc à décrocher le brevet de pilote-aviateur.

Si elle le remporte, elle se fera le grand plaisir de l'annoncer à un certain Louis Brouazin, chroniqueur de *La Libre Parole.* Le texte publié au début du mois par ce goujat, à l'occasion d'un vol splendide de Pamela Wright, sœur des frères Orville et Wilbur Wright, lui reste sur l'estomac. *La femme est faite pour être la compagne de l'homme, la mère de ses enfants et le charme de son existence*, assène ce monsieur. Le butor croit savoir que *les exploits des femmes-aviateurs ont un but commercial.* Mais, crache-t-il, *si les constructeurs d'aéroplanes employaient des femmes pour activer leurs ventes, leur industrie serait bien vite dans le marasme.* Et d'insister : *Prenons au hasard les rares aviatrices qui se sont exhibées dans les derniers meetings : Mme Delaroche a manqué deux fois de se tuer ; Mme Frank a vu la mort de près, elle a tué une personne et en a blessé trois ou quatre.* Comme si ce genre d'accidents ne concernait jamais les hommes ! a fulminé Marie… *Miss Spencer s'est tuée à Coventry, et Mlles Dutrieu, Stier et Marvingt se font piloter plutôt qu'elles ne pilotent elles-mêmes leurs appareils.* Ah, l'élégant personnage !

Marie frissonne, installée dans son monoplan encore immobile. Il fait un froid glacial. Ce ne sont pas les meilleures conditions pour voler. Et il va falloir se montrer à la hauteur !

Deux femmes seulement ont remporté jusqu'ici le brevet de pilote-aviateur : la baronne de Laroche, première pilote féminine dans le monde, en mars 1910 – hélas accidentée en juillet, lors de la Grande semaine de Reims : bras gauche, jambe droite, cuisse gauche et bassin fracturés –, puis Marthe Niel en septembre. *Mlle Marvingt, la fameuse ballonniste convertie maintenant à l'aviation*, d'après *Le Petit Journal*, sera-t-elle la troisième ?

Marie n'est partie jusqu'ici qu'une seule fois en solitaire, il y a quatre jours. La confiance n'était pas au rendez-vous. Néanmoins, ce fut une sensation inégalée d'être seule à bord. Il y avait très peu de vent, elle est aussitôt montée à soixante mètres. Elle s'inquiétait beaucoup pour l'atterrissage, qui s'est cependant déroulé sans incident. Qu'il est délicieux d'être oiseau ! s'émerveille Marie en chantonnant *Je voudrais être hirondelle.* N'en déplaise aux journalistes qui la blâment !

Ah, enfin le signal du départ ! Fini de rêvasser !

Décollage impeccable. Marie s'enlève, monte à quatre-vingts mètres. Le ciel est pur, l'oiseau file à bonne allure, le moteur ronfle superbement. Il faut accomplir trois circuits fermés, sans contact avec le sol, d'au moins cinq kilomètres. Atterrir, arrêter son moteur après chaque circuit, de façon que l'atterrissage et l'arrêt se fassent à une distance de moins de cent cinquante mètres d'un point désigné. Marie, maîtresse d'elle-même, évolue les trois fois avec grande régularité, malgré le vent vif qui l'oblige à une manœuvre continuelle.

Latham l'accueille à l'arrivée, et les journalistes photographient leur accolade fraternelle. Il lui apprend qu'elle a frôlé l'accident pendant la deuxième épreuve. Au sol, tous tremblaient pour elle. Marie se souvient qu'un biplan a pris son envol à soixante mètres de son monoplan. Puis il a disparu de son horizon. En fait, révèle Latham, ils ont alors volé à vingt mètres l'un de l'autre ! Sans se voir ! Il faudrait des ailes échancrées, concluent les deux pilotes.

J'ai été protégée, songe Marie, pleine de gratitude.

Le brevet de pilote-aviateur n° 281 récompense Mlle Marvingt dix jours plus tard. Elle devient avec fierté la troisième femme au monde à être brevetée, la première à l'être sur monoplan, l'Antoinette si délicat, et la seule personne à n'avoir jamais « cassé du bois » ! Elle justifie ainsi l'honneur que lui a rendu au mois de mars l'Académie des Sports en lui décernant sa grande médaille d'or... pour tous les sports. Une innovation conçue pour elle ! Quelle belle réception ce fut ! Elle, qui préfère la bière, s'est gorgée de champagne.

Elle a encore dans l'oreille le bruit des bouchons qui sautent, du vin pétillant qui s'écoule, du léger toc de tant de verres amis qui ont trinqué à ses victoires.

Après un succès pareil, comment ne pas se sentir pousser des ailes ! *La gracieuse pilote d'Antoinette*, selon *La France*, s'inscrit pour la nouvelle coupe d'aviation féminine, à peine créée par le journal *Fémina*. Elle sera attribuée à l'aviatrice française qui, munie d'un brevet de pilote-aviateur, aura accompli au 31 décembre le plus long vol sans escale. La récompense consistera en un objet d'art d'une valeur de deux mille francs. Une statuette art déco sortie des ateliers Bélize.

Le 27 novembre, Marie couvre un vol de quarante-cinq kilomètres. C'est assez pour remporter la coupe, mais cela ne lui suffit pas. Le lendemain, elle s'y remet. Les commissaires sportifs sont, pour La Ligue aérienne, le capitaine de chasseurs comte de Chomérean, pour l'Aéro-Club de France, Maurice Cure, assistés du chevalier Neri, de Rome, et de l'ingénieur Pierre Hospitalier. Du beau monde !

Marie pensait décoller à 7 h 15 du matin. Une délicate dentelle de givre tapissait l'herbe. Il est presque 11 heures. Combien de temps faudra-t-il encore aux mécaniciens pour finir de dégeler l'huile ? Et quel vent ! On dirait qu'il siffle des questions. Marie saura-t-elle piloter cet aéroplane de sept mètres d'envergure qu'elle n'a jamais essayé ? Est-elle assez chaudement vêtue ? Mais soudain tout s'emballe. Elle donne le signal du départ.

Le froid lui cisaille le visage. Le vent violent, qui fait balancer le monoplan, l'oblige à agir constamment sur les volants. Très déportée dans les virages, elle doit les prendre beaucoup plus larges. Qu'importe ! Elle garde confiance. Pour se distraire de faire l'oiseau en cage, elle observe les commissaires. Le sympathique ingénieur Hospitalier lui indique avec ses doigts le nombre de tours accomplis. Le chevalier Neri braque son appareil photographique sur ses virages. Quant au comte de Choméreau, il l'encourage par ses applaudissements. Les remous augmentent avec le soleil, et certains courants sont si vifs que Marie n'avance parfois qu'avec peine. Elle continue cependant sans se lasser lorsque, hélas, au quatorzième tour, le moteur se met à faiblir. L'avion manque de toucher terre. Au tour suivant, le moteur ne tire presque plus et, malgré ses efforts, Marie est contrainte d'atterrir. Navrée, car elle n'éprouvait aucune fatigue. Elle s'aperçoit alors que la manette de l'essence est déréglée. N'empêche, elle a survolé quinze tours en cinquante-trois minutes. C'est gagné ! Les spectateurs la portent en triomphe pour *cette performance admirable que*, selon *L'Univers*, *lui enviera plus d'un aviateur du sexe fort.* Clic, clac ! La photo fait la couverture de la revue illustrée *La Vie au grand air.*

Or, l'année n'est pas terminée.

Dutrieu apparaît dans le ciel de Marie avant la date fatidique du 31 décembre. Mlle Hélène Dutrieu. Une aviatrice belge qui a débuté comme cycliste, a ensuite remporté de gros succès d'acrobatie dans les music-halls du monde entier, s'attirant le surnom de *Flèche humaine*, est passée à la moto, à la voiture, a reçu le premier brevet de pilote attribué à une femme belge. Elle décide, le 5 décembre, de s'attaquer à la Coupe Fémina, à bord de son biplan Henry

Farman, et appâte le chaland en entraînant avec elle l'actrice Mlle Polaire. Partie de l'école Farman à Étampes, elle tient l'air, malgré le froid vif et le brouillard épais, pendant une heure neuf minutes, ne retournant à terre qu'à cause de l'obscurité, car elle ne distingue plus les poteaux de la piste. Et ravit la coupe à Marie. Qui, on le devine, l'encaisse très mal. Et va donc se remettre en piste pour reprendre à son tour le trophée à sa rivale. *Ayant fait mon épreuve dans de mauvaises conditions*, écrit Marie à un ami nancéien, *je recommencerai. Je tenais à être la première à le tenter.* De son côté, Mlle Dutrieu estime que la distance couverte par elle n'est pas suffisante et tient à l'augmenter afin d'avoir beaucoup plus d'avance sur Mlle Marvingt. Un vrai combat de coqs ! De plus, Mlle Jane Herveux et Mme Marthe Niel font savoir qu'elles aussi ont l'intention de concourir pour la Coupe Fémina.

Marie les prend toutes de vitesse en faisant imprimer une carte postale où, chapeautée et vêtue de fourrure en avant d'un monoplan qui la survole, elle se présente comme *Mademoiselle Marie Marvingt, seule pilote aéronaute aviatrice*, avec la précision : *A obtenu le premier brevet féminin sur monoplan Antoinette. Première détentrice de la Coupe Fémina, 27 novembre 1910.* Et pan !

Le 10 décembre, Marie revient à Nancy. Grande fierté pour la ville. À la salle Déglin, Cinéma-Théâtre, les actualités comportent un film intitulé *Le Départ de Mlle Marvingt pour la Coupe Fémina.* À la fin de la séance, les spectateurs viennent féliciter Marie et Félix inondé de bonheur.

Et le surlendemain, un fait révélé par *Le Figaro*, Marie est vue à Paris, au banquet du groupe espérantiste, présidé par un mathématicien éminent, le professeur d'université M. Bourlet. Aux côtés de M. Archdeacon, fondateur de l'Aéro-Club, des écrivains Léon Frapié ou Tristan Bernard, et de bien d'autres sommités. Parmi quelques orateurs, Marie a été invitée à s'exprimer au dessert et a offert à ses amis la surprise d'un speech en espéranto. Puis les apôtres de l'espérantisme se sont séparés avec l'impression qu'ils sont sur le point de conquérir le monde, et Marie est retournée joyeuse vers la Champagne pouilleuse. Cependant, sa mine s'assombrit le 21 décembre.

Ce jour-là, Hélène Dutrieu vole pendant deux heures trente-cinq minutes.

Marie mijote sa revanche, rassemble ses forces. Mais, le 28 décembre, c'est le cœur qui est atteint. Le charmant Alexandre Laffont, toujours le rire aux lèvres, engagé dans la course Paris-Bruxelles et retour, a trouvé la mort au décollage d'Issy-les-Moulineaux. Les causes de l'accident restent incompréhensibles. Il se trouve qu'un opérateur de la Gaumont a filmé le crash. Interviewée par *Le Matin*, Marie a déclaré : *Laffont était d'une prudence et d'une minutie presque excessives. Jamais il ne partait sans vérifier tous les fils. Il n'était pas audacieux. Même je l'ai entendu dire que s'il avait la certitude de se casser seulement un doigt, il ne volerait plus.*

Arrive le 31 décembre, jour J, nouveau départ de Mourmelon pour la Coupe Fémina ! Marie s'apprête à voler trois heures, ce qui devrait lui assurer le record si convoité par les aviatrices, mais touche terre après quarante-cinq minutes !

Que s'est-il passé ? La presse annonce que *l'intrépide sportswoman* a brisé son hélice en atterrissant brusquement, près des hangars…

Faux ! Heureusement que *L'Est Républicain*, au moins, permettra à Marie de rétablir la vérité avec un article intitulé : *Pourquoi je n'ai pas pu reprendre la Coupe Fémina.*

Le nouveau monoplan n'était arrivé que la veille. Il n'avait pas été vérifié, après divers vols, comme cela se doit. Marie n'avait jusqu'ici jamais piloté d'appareil à moteur de force 60 HP muni d'aussi grands réservoirs d'essence. Elle a bien démarré malgré le poids et la brise mais, au huitième tour, elle a été gênée par la pluie qui cinglait son visage et embuait ses lunettes. Suivirent des remous et des trous d'air. Au bout de quarante minutes de vol, le moteur se mit à cracher de grosses bouffées noirâtres. Il semblait chercher sa respiration, tel un vieux chien hors d'haleine, et faiblissait de plus en plus malgré les efforts de Marie. À son grand regret, elle se vit obligée d'atterrir. Toutefois elle le fit doucement, et non brusquement ! Il était temps. Le mécanicien constata que l'arbre à cames était déboulonné. Le moteur se serait arrêté d'un coup si Marie avait continué. La réparation demandait plus d'une journée. Il serait alors trop tard pour reprendre le trophée.

Bref, le monoplan a laissé Marie en plan. La maison Antoinette est responsable de son échec. Et Dutrieu remporte la coupe !

Marie quitte Mourmelon la rage au cœur, retourne à Nancy pour entamer la nouvelle année auprès de son papa. Il sait la consoler. À la grande fierté de Félix, de nouvelles coupures de presse s'ajoutent sans fin au trésor de Marie. Toutes relèvent la multiplicité de ses capacités sportives et intellectuelles. Notamment les cinq pages illustrées de *La Revue aérienne*, avec un texte splendide du grand Ernest Archdeacon qui commente la remise par l'Académie des Sports de sa grande médaille d'or à Mlle Marvingt *pour tous les sports !*

Je suis très heureux, commence-t-il, *de l'occasion qui m'est offerte de rendre hommage à une femme absolument extraordinaire et dont la notoriété assez grande, je le veux bien, est extrêmement loin d'être à la hauteur de sa valeur, absolument exceptionnelle. Il n'y a sûrement pas une femme au monde qui possède un bagage sportif aussi universel que celui que possède Mlle Marvingt et je ne voudrais pas garantir qu'il existe un seul représentant du sexe mâle qui en ait un semblable.* Et d'énumérer une par une ses victoires en natation, canotage, alpinisme, sports d'hiver, tir, cyclisme – y compris son Tour de France –, aérostation, aviation, sans oublier ses activités : l'équitation, l'escrime, la gymnastique, les sciences, les arts, la littérature. *Car, ce qu'il ne faut pas oublier de dire,* poursuit-il, *c'est qu'à résultats sportifs égaux, une femme a dix fois plus de mérite qu'un homme, non seulement par suite de sa force physique indéniablement moins grande, mais parce qu'il lui faut, pour pouvoir s'y livrer d'abord, et y réussir ensuite, vaincre une foule de préjugés, d'obstacles et d'impedimenta de toute sorte qu'un homme, dans le même cas, ne trouvera jamais sur sa route.*

Le 4 janvier 1911, Marie-Myriel publie également dans *Le Courrier de l'Est* les raisons de son échec relatif à la Coupe Fémina. On n'est jamais aussi bien servi que par soi-même. Et elle n'a pas dit son dernier mot.

SAINT-ÉTIENNE, AOÛT 1911

Ah, qu'il fait bon parfois se laisser emporter par une locomotive qui souffle et siffle à travers la campagne ! Regarder les vaches placides, les veaux goulus, les oiseaux posés tels des notes de musique sur les fils électriques. Les courbes et les ponts. Les villages nichés au creux des vallées. Ne pas se préoccuper de l'itinéraire. Imaginer ce que sera le meeting aérien de Saint-Étienne, se réjouir d'être appelée à y participer parmi des aviateurs célèbres. Juste penser au bonheur de vivre. Et aux cadeaux du passé. Marie reconnaît qu'elle a été gâtée cette année.

La Vie heureuse a inauguré le 15 janvier sa nouvelle rubrique *Les Sports par leurs champions. Mlle Marvingt, première skieuse de France* y a donné *Une leçon de ski.*

Cette année encore, elle a gagné la course de skis à Chamonix – trois kilomètres en vingt-six minutes dix secondes –, a participé au gymkhana sur glace. Hilare à l'idée que, quarante-huit heures auparavant, elle pilotait son monoplan à Mourmelon, et qu'elle dirigerait le lendemain une excursion en ballon. Et les *sauts émouvants de la sportswoman accomplie* ont retenu l'attention de *La Vie au grand air*! Grand bonheur aussi de retrouver l'hôtel Beau-Site, ses charmants propriétaires, les deux fillettes, les guides amis. Il n'a manqué que Renaud de La Frégeolière. Fou de bobsleigh, le sportsman était à son grand dam retenu ailleurs par un meeting d'aviation. Lui et Marie se sont souvent vus à Paris. Il lui a demandé un chapitre intitulé *Les Femmes et le ski* pour l'ouvrage *Sports d'hiver*, qu'il publie avec le patineur artistique Louis Magnus. Marie a beaucoup aimé écrire ce texte qui lui a attiré les vives félicitations des Chamoniards.

À son idée, il n'est pas de sport plus sain, plus fortifiant, exerçant mieux les muscles, domptant mieux les nerfs que le ski. Là, plus de comparaison fâcheuse entre l'homme et la femme. On ne saurait entendre que celle-ci ne peut rivaliser avec celui-là, qu'elle est trop faible pour le suivre, car l'adresse et l'habileté entrent plus en jeu que l'effort.

De Chamonix, Marie a filé en février au mont Revard, en Savoie, au-dessus de la ville d'Aix-les-Bains. Où son pantalon a fait sensation et suscité des remous! Aucune femme là-bas n'avait jamais eu le culot de porter la culotte! Un spectateur à canne, monocle et lèvres en lames de rasoir, emmitouflé dans des tweeds épais, l'a interpellée d'une voix chevrotante: Savez-vous, Mademoiselle, que vous tombez sous le coup de l'ordonnance concernant les travestissements? Marie a éclaté d'un rire sonore et répliqué:

Connaissez-vous, Monsieur, la liste des cantinières ayant porté le pantalon qui ont été décorées de la Légion d'honneur ?

Elle vantera plus tard les mérites de la station dans un article de *L'Éclair de l'Est*: *J'ai séjourné dans toutes les stations hivernales françaises, suisses et allemandes, mais je n'en ai trouvé aucune qui puisse rivaliser avec le mont Revard. On pourrait l'appeler la Norvège française.*

Au Revard ! a-t-elle lancé quelques jours plus tard en quittant ses compagnons, selon la plaisanterie traditionnelle.

Pas de temps à perdre. Marie devait rejoindre Le Lioran, un village au cœur des monts du Cantal. Le Ve concours international de ski allait s'y disputer, avec une importante participation militaire, française et italienne, des skieurs civils suisses, norvégiens et suédois. Splendides officiers italiens, se souvient-elle. Et puis joie de revoir le pays de son enfance. Le maire d'Aurillac lui a souhaité la bienvenue. Mais déception : de mémoire des habitants les plus âgés, la neige n'y fut jamais aussi peu abondante. Il fallut ruser pour tracer les pistes. Par ailleurs, bonheur de retrouver l'ami si cher, le capitaine Echeman, devenu bordelais, maintenant cadre au titre de l'aviation militaire !

La course de dames réunissait un essaim de charmantes concurrentes, publia *La Montagne. Mlle Marvingt, de Nancy, l'aviatrice bien connue, qui excelle d'ailleurs dans la plupart des sports, n'eut aucune peine à s'adjuger la première place.* Et très vite parurent deux cartes postales. L'une présente Marie sautant du grand tremplin, et l'autre, gagnante de la course des dames, modeste et souriante sous l'œil réjoui du capitaine Echeman.

Lors du banquet de clôture présidé par le sous-secrétaire d'État à la guerre, celui-ci vanta la propagation du ski dans l'armée, *qui utilise ce moyen de locomotion à bon escient*, et salua Mlle Marvingt *qui travaille si utilement à répandre ce sport.*

Marie quitta Le Lioran juste à temps pour participer à la Grande semaine du ski à Mont-Dore en Auvergne. De là rejoignit Nancy, où l'attendait bien sûr Félix, mais aussi la fête du skating. Elle n'y remporta cependant ni prix ni médaille. Un peu de fatigue ?

De mars à mai, elle poursuivit simplement son entraînement à Mourmelon. *La Vie au grand air* publia une photo d'elle accompagnée par le Franco-Américain Charles Weymann, premier aviateur haïtien, et la comtesse Zborowska, dont l'époux se tua en 1903 dans une course automobile. Deux personnes charmantes. Jamais de repos ? avait interrogé la comtesse. Marie rit toute seule, dans le wagon qui l'emporte vers Saint-Étienne. Craignant de vexer son interlocutrice, elle n'a pas livré le fond de sa pensée. Écouter les battements de son cœur, à l'égal des mondaines, ne l'intéresse guère. Elle préfère épier les ronflements du moteur de son monoplan.

En juin, elle était au meeting de Turin, en Italie. Une belle ville alignée, droite, que certains de ses amis aviateurs ont trouvée ennuyeuse. C'est un point de vue. Visitant le Palais Royal, elle a aimé contempler la collection de dessins de Léonard de Vinci. Le plus important, c'est qu'elle a remporté à Turin la Coupe Fémina 1911. Hélène Dutrieu mijote, paraît-il, de la lui reprendre.

Voler en avion serait un pur bonheur sans l'ombre du deuil. Combien de pères décimés en vol ? Combien de veuves ? Combien d'orphelins ?

À sa manière, Marie a apporté son obole à Turin. Elle a croisé le pilote Paul van Gaver, désespéré. Son contrat stipulait que son appareil devait voler pendant un minimum de deux heures. Mais il essuyait revers sur revers. Au dernier jour, il prit encore l'envol. Or, son moteur ne rendait pas, et l'atterrissage défectueux endommagea l'appareil. Devant tant de déveine cumulée, il dit qu'il renonçait, peinant à retenir ses larmes. Sans fortune, père de quatre enfants, aurait-il fait ce dispendieux voyage en pure perte ? Persister aurait été courir au-devant d'un accident. Émue par sa douleur, Marie s'aperçut soudain que le contrat s'appliquait à l'appareil, et non à l'aviateur. Elle se précipita chez le commissaire, réussit à le convaincre. On répara l'avion et, sans laisser aux mécaniciens le temps de procéder aux essais, elle se mit en route. Promena l'appareil deux heures dans les airs et atterrit sous les applaudissements enthousiastes de la foule. Van Gaver toucha le prix. Marie se sentit inondée d'une des joies les plus fortes de son existence.

Saint-Étienne, après une nuit passée dans le train ! C'était long quand même, pour une personne peu habituée à l'inactivité. Marie va enfin pouvoir se donner du mouvement. Les meilleurs aviateurs ont été engagés à participer au meeting aérien. Parmi eux, Roland Garros, qu'elle se réjouit de voir évoluer.

Dans l'après-midi du 14 août, Marie, joyeuse, prend place dans l'automobile qui doit la conduire au champ d'aviation de Champirol en compagnie de l'aviateur Marcel Loridan. La conversation est animée. Loridan, qui détenait le record du monde d'altitude en ayant atteint trois mille deux cent quatre-vingts mètres dans son biplan Farman, se l'est vu rafler peu après par Julien-Alexandre Félix, monté jusqu'à trois mille quatre cent quatre-vingt-dix mètres. Attention ! crie soudain Marie qui, l'œil sur la route encombrée comme une place de marché, a vu déboucher un cycliste devant l'automobile. Le chauffeur donne un coup de volant pour éviter l'imprudent, va malheureusement heurter un bec de gaz avec force. Loridan est blessé à la poitrine, Marie à la main, et le chauffeur, inanimé, a le bras droit fracturé. L'avant de la voiture est défoncé. Au lieu de l'aérodrome, les aviateurs atterrissent à l'hôpital. Aujourd'hui, seul Émile Obre assurera sa part du programme prévu. Garros en effet ne pourra pas utiliser son appareil, endommagé en chemin de fer.

Marie, qui n'est pas de nature à s'écouter, décide de s'envoler le lendemain mais, cette fois, c'est son monoplan qui montre des signes de faiblesse. Elle se contente de voir évoluer Obre et Bielovucic, d'admirer la sûreté et la hardiesse de Roland Garros. Il décrit des huit impressionnants, multiplie les facéties, fond à toute allure sur le public de la pelouse, tel un grand oiseau chassant des insectes, et vire au dernier moment. La foule fait une ovation à *l'homme-oiseau*.

Arrive enfin le jour où Marie peut s'envoler. Elle commençait à piaffer. Debout près de son monoplan, elle voit s'approcher une silhouette connue. Un sportsman souvent rencontré dans les stations d'hiver, tous deux montés sur leurs longs patins de frêne. Vous ici ? Par quel hasard ? l'interroge-t-elle, souriante. Je suis stéphanois, répond-il. Ils se mettent à bavarder. Les vieux souvenirs défilent en foule. Chamonix, Gérardmer, le Cantal. Mais alors vous abandonnez l'alpinisme ? interroge-t-il. Alpinisme et aviation ne vont pas ensemble, n'est-ce pas. Pas ensemble ? se récrie-t-elle. Je reviens du meeting aérien de Turin, et j'en ai profité pour faire en compagnie d'officiers italiens l'ascension de la Concarena, du piz Badile et de la Corne del Dante !

Elle grimpe la joie au cœur dans son monoplan, réussit une belle performance malgré sa main bandée. Le Stéphanois raconte le lendemain leur entrevue dans *La Tribune de Saint-Étienne*. Et d'ajouter une appréciation qui ne déplaît pas à l'aviatrice : *C'est certainement la femme de sport la plus complète que nous ayons jamais eue. Ses exploits sont légendaires, tous les guides des Alpes la connaissent et vous narreront ses vertigineuses ascensions du Géant ou du Grépon.*

À Saint-Étienne, c'est la première fois qu'en France un meeting d'aviation attire une foule pareille, animée d'un tel enthousiasme. Cinquante trains de la Compagnie des tramways, sans compter les autres moyens de transport, ont déversé des flots humains autour de Champirol. Le service d'ordre, rudement éprouvé au début, fonctionne maintenant de façon à peu près normale. Les spectateurs se sont enfin décidés à ne plus frustrer les aviateurs du produit des entrées, qui leur est réservé. Dans les places à dix et à vingt sous, ce sont de véritables fourmilières humaines.

Le 6 août, près de cent cinquante mille personnes attendent de voir évoluer Mlle Marvingt. À 18 heures, elle grimpe dans son monoplan, malgré l'orage qui s'approche, perturbée par un incident stupide survenu après le déjeuner.

Garros et le Franco-Péruvien Jean Bielovucic, deux vieux copains de lycée qui se sont connus en année de philo à Janson-de-Sailly, à Paris, ont gardé le goût des farces de collégiens. Tous deux jouaient à se lancer des pois secs avec des sarbacanes lorsque celui de Garros atteignit l'œil de « Bielo », aussitôt transféré dans une clinique de Lyon. On craint que l'œil ne soit crevé.

Dans le monoplan, le bruit du moteur, qui ronfle mal, arrache Marie à ce souvenir pénible. Pff, elle en a vu de pires ! Elle s'envole avec aisance et, après un tour, file dans la direction de Saint-Étienne.

À la nuit tombante, la foule s'inquiète. Panique. Pourquoi l'aviatrice ne réapparaît-elle pas ? Les spectateurs se mettent à courir à sa recherche dans les champs et les collines qui avoisinent l'aérodrome. Des gendarmes à cheval partent dans toutes les directions, interrogent les fermiers.

Marie a fait une chute de quinze mètres. Elle se trouvait près de la gare de la Terrasse, à cent mètres au-dessus du café des Sports, lorsque son moteur s'est arrêté. En vol plané, elle a réussi à éviter la cheminée du café, visant le terrain du jeu de boules. Mais elle est tombée sur un acacia, qui n'a pas résisté, tandis que l'Antoinette lâchait une aile. C'est la première fois, au propre et au figuré, que Marie « casse du bois ». Elle est par bonheur dégagée indemne. Et prise en photo aussi souriante que le gendarme qui l'a repérée, et les badauds joyeux d'avoir assisté à la scène. Qui d'ailleurs cherchent à emporter des morceaux de l'avion, dépècent les toiles.

Deux jours plus tard, le monoplan est réparé. Marie peut reprendre le vol. La fête se tient ce jour à Bouthéon.

Marie s'enlève à 7 h 15, parcourt une assez grande distance, mais voit soudain arriver un autre avion en face d'elle ! Tourne brusquement pour l'éviter. Hélas, le monoplan se penche trop fort, et va se briser sur le sol. En miettes. *Fort heureusement*, écrira *Le Journal*, l'*intrépide aviatrice fut relevée sans mal.*

Marie ne sera plus de ce monde lorsque paraîtront les *Mémoires* de Roland Garros, avec ces lignes : *La fête de Bouthéon favorisée d'un temps propice fut très réussie. Nous volâmes avec un entrain superbe. Il n'y eut aucun accident, sauf celui de Marvingt qui, décidément malheureuse, mit en miettes son Antoinette, au premier départ. Elle avait voulu faire, dit-elle, « un virage en allumette ». Ce lapsus nous fit beaucoup rire : on disait en style d'aérodrome un virage en épingle à cheveux et réduire un appareil en allumettes – notre bonne camarade avait adopté involontairement un raccourci expressif.*

Or, la réparation demandera beaucoup de temps. Si bien que Marie est obligée d'annuler sa participation à la Semaine d'aviation de Troyes.

Elle retourne à Nancy dans un état bizarre. Mécontente, ignorant toutefois ce qui la contrarie. Quelque chose de plus grave que le bris de l'Antoinette, mais quoi ? Certes, elle a eu de la malchance à Saint-Étienne. Qui peut se vanter de toujours passer au travers des mailles du filet ? Et elle s'en tire sans dommage essentiel.

Félix l'attendait avec impatience. Ils sont si peu restés ensemble cette année ! Elle lui voit les yeux cernés, un air fatigué. À 84 ans, il est maintenant un très vieux monsieur. Attendrissant de dignité. Qui lui a tant donné... C'est un cri : Papa, si on partait en vacances, tous les deux ? Aussitôt dit, aussitôt fait. Leur choix est rapide : l'Autriche-Hongrie. Plus exactement : Dalmatie, Bosnie, Herzégovine, Monténégro. Mer et montagne. Petits villages charmants. Gens sombres, mais délicieux. Marie et Félix habitent des maisons de rien, dînent de poissons qu'ils ont pêchés, se dorent au soleil, se reposent sous les tonnelles. Voguent d'île en île. Plongent dans les lacs émeraude. S'apaisent du silence des ermitages ou des monastères. En Bosnie, sont conquis par le charme des petites rues de Sarajevo.

Aucune nouvelle de France ne leur parvient. Au retour à la fin du mois de septembre, Marie apprend qu'Hélène Dutrieu lui a de nouveau ravi la Coupe Fémina. Curieusement, cela ne lui fait ni chaud ni froid. Un petit pincement au cœur, tout au plus. La course continuelle après les records commence à l'excéder. Cela ne mène à rien.

Parallèlement, une sorte de nausée constante s'empare d'elle.

Elle accepte cependant de participer à des expériences amusantes. À la fin du mois d'octobre, à Reims, elle prend place dans l'avion de Roger Sommer. Il envisage un raid jusqu'à Mourmelon en emportant six passagers. Ceux-ci sont pesés tout habillés. Un poids total de six cents kilogrammes – dont soixante-sept redevables à Marie –, y compris quatre-vingts litres d'essence et vingt litres d'huile. Une prouesse saluée par la presse.

En novembre, Marie est dans l'avion de Latham, qui expérimente des variations d'altitude. Elle jette un coup d'œil furtif sur la paume de la main de l'aviateur, et maintient intérieurement sa prédiction : il disparaîtra dans un an sous les coups d'un fauve.

Le 14 décembre, Marie est à Paris, avec Félix. L'Académie des Sports offre, à ses lauréats 1910 et 1911, un dîner à l'Automobile-Club de France, 8 place de la Concorde. Ce soir-là, elle rivalise d'élégance. Robe à la cheville, très seyante et décolletée, boucles d'oreilles assorties à son collier de perles, long boa de plumes.

Toutefois le malaise qu'elle a ressenti au retour de Saint-Étienne continue à l'habiter. Il s'intensifie à la lecture d'un article qui recense les précédents décès parmi les aviateurs. Cette hécatombe l'horrifie. L'avion ne servirait-il, au bout du compte, qu'à tuer ? s'interroge-t-elle en feuilletant un vieux numéro de *La Nature*, une revue des sciences collectionnée par Félix. Et voilà qu'elle tombe sur un article intitulé *Les Wagons-ambulances*, décrivant leur utilité auprès des blessés tombés sur les champs de bataille. Et soudain se précise une idée qui lui trottait depuis quelque temps dans l'esprit : des avions-ambulances ne seraient-ils pas plus efficaces encore ? Plus rapides, plus confortables ?

Marie attrape son carnet de croquis. Et, tandis que le concept se précise, commence par calligraphier : *Projet du 1er Avion-Ambulance.* Ce seront des *Ailes qui sauvent* ! Oui, l'aviation lui permettra d'être présente au moment opportun pour aider les autres avec toutes ses capacités ! Sa vie prend un nouveau tournant. Un soleil rayonne dans sa poitrine.

BÉTHENY, MAI 1912

Changement de taille dans la vie de Marie ! Imaginez-vous qu'elle a abandonné son cher Antoinette pour un monoplan Deperdussin ! Caprice ? Coup de foudre ? Nouvelles amitiés ? Non, rien de tout cela.

À l'égal d'une foule de visiteurs enthousiastes, elle s'est rendue en décembre 1911 au 3e Salon de l'aéronautique, qui se tenait au Grand Palais des Champs-Élysées, à Paris. Le spectacle était magique. À une quarantaine de mètres sous l'immense verrière, des ballons survolaient les avions.

Marie a été priée de défiler dans le cortège qui, lors de l'inauguration, accompagnait M. Fallières, président de la République. S'y trouvait également M. Armand Deperdussin, célèbre constructeur d'avions, propriétaire d'un important aérodrome ultramoderne en Champagne, à Bétheny, près de Reims.

La visite des stands a débuté justement par celui de M. Deperdussin. À M. Fallières, qui le félicitait d'avoir été le lauréat du Concours militaire, il répondit qu'il avait travaillé pour la patrie. Une réponse qui émut Marie. Après la cérémonie, elle retourna au stand Deperdussin… et s'inscrivit à l'école de Bétheny.

Il y avait une autre raison à cela, plus profonde.

La guerre italo-turque, démarrée en septembre 1911, inquiétait déjà l'Europe, mais voici qu'une autre guerre a éclaté en mars dans les Balkans, provoquée par les ambitions respectives de la Russie et de l'Autriche-Hongrie dans cette région. Sait-on si la France, par le jeu des alliances, ne risque pas de s'y trouver impliquée ?

Le ministère de la Guerre, sur ses gardes, affirme à présent que les aéroplanes sont aussi indispensables aux armées que les canons et les fusils. Autrefois juste un sport, l'aviation est devenue une arme. Et la France possède une flotte de l'air incomparable. À Bétheny, une école militaire de pilotes s'ajoute à l'école civile. Marie, qui se consacre entièrement à son projet d'avion-ambulance – elle le pilotera elle-même –, sait qu'elle devra coopérer avec l'armée en cas de guerre, et a décidé d'obtenir son brevet militaire. D'où la nécessité de s'inscrire dans une école *militaire*.

Cela ne l'a pas empêchée de passer le début de l'année à Chamonix, d'y remporter quelques prix, de s'amuser comme une folle. Notamment en compagnie du capitaine Echeman, à présent chevalier de la Légion d'honneur. Son épaisse moustache révèle sa bonté infinie, songe Marie. Leur rencontre – ils se tiennent face à face, souriants, elle à skis, lui à pied – a fait la couverture d'un numéro de février de *La Vie au grand air*, avec ce commentaire : *À Chamonix, la semaine dernière, les aviateurs semblaient s'être donné rendez-vous pour se reposer des fatigues aériennes. C'est ainsi que la fameuse oiselle, Mlle Marvingt, l'éclectique sportswoman, y retrouva le capitaine-aviateur Echeman, et qu'ils s'adonnèrent ensemble aux plaisirs du ski et du bobsleigh.*

Ce 15 mai, Marie s'assied dans son Deperdussin afin de poursuivre son entraînement quotidien pour le brevet. S'envole. Et tout en volant, se souvient de bons moments avec l'ami Echeman. Ils s'appellent maintenant par leurs prénoms. Marie et Paul. Je vais être muté, lui a annoncé Paul avec une étincelle dans les yeux. Devinez où, Marie ! À Nancy ! a-t-elle jubilé par avance. En effet. Paul, qui a obtenu une promotion importante, commandera l'escadrille de la frontière à Nancy. Cela le situe au niveau des meilleurs praticiens de l'aviation militaire.

Après avoir félicité son ami pour ce poste de haute confiance, Marie s'est aussitôt mise à former des plans. Avec Félix et l'épouse de Paul, ils iront déjeuner un dimanche dans une guinguette au bord de la Moselle. Paul et elle auront d'abord fait une promenade à cheval. Une autre fois, ce sera du canotage, ou la cueillette des champignons…

Il la soutient beaucoup dans son projet d'avion-ambulance et, lors d'un récent passage à Nancy – il participait à des manœuvres de garnison –, l'a aidée à examiner tous les aspects de la question. Elle le voit encore réfléchissant, prenant des notes, sa pipe à la bouche.

Naïvement, Marie a cru pouvoir emporter l'adhésion de l'armée pour financer le premier avion-ambulance français.

Mais elle n'a récolté que scepticisme et railleries. À combien de portes n'a-t-elle pas frappé ! Ces messieurs la recevaient poliment, la complimentaient pour ses victoires sportives, voire lui offraient le thé, mais aucun n'a daigné entendre son appel. Comment cette folle a-t-elle l'audace de penser que l'armée peut s'intéresser au projet d'une femme ? lisait-elle dans leurs yeux fourbes.

Marie n'a pas baissé les bras. L'imaginerait-on baissant les bras ?

Elle a fini par obtenir l'approbation de la direction de l'aéronautique militaire, et a exposé avec succès le plan de l'avion au Salon d'aviation. Mais d'aide pécuniaire, point.

Alors elle a décidé de faire des conférences afin de financer la construction de l'appareil sanitaire. Une fois la somme réunie, elle commandera l'avion à l'excellent Louis Béchereau, ingénieur en chef des usines Deperdussin. En créant son monocoque, parfait de netteté et d'harmonie, Béchereau a accompli, dit-on, le plus grand progrès réalisé jusqu'à ce jour dans l'aviation. C'est en plus un homme distingué, sympathique.

Marie a donné sa première conférence le 8 mai à Reims, se souvient-elle avec un sourire de satisfaction. L'assemblée, qui emplissait la salle, a paru captivée en découvrant les sentiments que peuvent éprouver les aviateurs. Et, le plus important, la recette a été abondante. Marie fait mentalement la liste des villes qui pourront accueillir sa prestation. Elle pense même améliorer celle-ci avec des projections cinématographiques.

La nuit va bientôt tomber sur l'aérodrome de Bétheny.

Heureuse des beaux tours de piste accomplis, Marie termine sa sortie par un vol plané. Magnifique ! se jette-t-elle à elle-même. Car, bizarrement, aucun pilote ne l'accueille ce soir sur le terrain.

Ils sont tous réunis près d'une table. Devant un journal grand ouvert. La mine sombre. Incapables de parler. Et Marie lit, sans arriver à croire à ce qu'elle lit : *Chute d'un aviateur. Le capitaine Echeman est blessé grièvement à Étampes. On désespère de le sauver.*

Ses yeux se brouillent. Elle se précipite vers le téléphone. Revient au bout d'un long moment, effondrée. L'opératrice n'a pas pu établir la communication avec l'hôpital d'Étampes.

Que s'est-il passé ?

Le 14 mai, vers 18 heures, sur l'aérodrome de Ville-Sauvage, le capitaine Echeman est monté dans l'un des monoplans Blériot acquis avec le produit de la souscription nationale, s'est élevé à mille mètres. Dans la descente, alors qu'il se trouvait à soixante mètres, l'avion a piqué du nez. Paul Echeman réussit cependant à le redresser, et les personnes présentes s'attendaient à un atterrissage normal, quand le monoplan s'est à nouveau penché. S'est abattu sur le sol. S'est brisé.

On a dégagé le capitaine Echeman. Crâne fracturé. Blessures diverses.

Transporté mourant à l'hôpital, il a succombé après deux heures d'agonie, sans avoir repris connaissance. Il avait 35 ans. Dans la chute fatale, la croix d'honneur dont il était si fier s'est enfoncée dans sa poitrine, comme si la Mort voulait elle aussi le décorer.

Le 18 mai, à 8 heures du matin, Marie se recueille dans la chapelle de l'hôpital d'Étampes. Son cœur saigne. Une affluence considérable assiste aux obsèques du capitaine Echeman. Parents, amis, camarades, représentants de professions libérales, artisans, commerçants. Aviateurs groupés autour de l'intrépide soldat. De magnifiques couronnes de fleurs, dont celle du Club alpin, accompagnent le cercueil. Les orateurs peinent à maîtriser leur émotion. C'est en particulier le cas du lieutenant Lelièvre, son ami. Il rappelle en larmes comment ils venaient d'effectuer ensemble un circuit d'un mois dans l'Est avec une section de grandes roulottes qui transportaient les avions de guerre par voie de terre. À chaque étape, ils s'appliquaient à les remonter puis à les démonter à nouveau. Marie refoule ses sanglots. C'est à cette occasion, au camp de Mailly dans l'Aube, qu'elle a revu Paul pour la dernière fois. Aimable, intelligent, souriant. Comme lui seul savait l'être. Elle a alors publié sur ces manœuvres un grand article dans *La Vie au grand air*, vantant les mérites de Paul sans imaginer qu'il allait lui être arraché.

C'est à présent le départ pour Montreuil-sous-Bois, où se déroulera l'inhumation. La foule des assistants reconduit jusqu'à la sortie d'Étampes le fourgon automobile couvert de fleurs. Dans l'esprit de Marie résonnent, comme autant de pièces d'or jetées dans une cassette, les épithètes louangeuses qui se sont élevées au-dessus du cercueil. Rare valeur. Claire intelligence. Courage de cet officier d'élite…

Son avion-ambulance ne pourrait pas porter de nom plus beau que celui de *Capitaine-Echeman*.

Au milieu de la peine qui la submerge, Marie s'étonne de n'avoir pas deviné, pas vu arriver, la mort de Paul.

On peut se tromper dans la lecture de ce qui est perçu.

Se serait-elle aussi trompée dans sa prédiction à Hubert Latham ?

Que devient-il, au fait, le pilote dandy ?

La nouvelle de sa mort survient le 17 juillet 1912. Il avait 32 ans.

Au fil du temps, les journaux racontent comment, follement intrépide et ambitieux, il eut le premier l'idée de traverser la Manche en aéroplane, de Sangatte à Douvres. Comment, à sa première tentative, il tomba victime d'une panne d'essence à cinq cents mètres de la terre anglaise. Comment il fut repêché, tranquillement assis sur son monoplan qui coulait, fumant une cigarette en sifflotant un air de chasse. Comment il se dépêcha de mettre au point un autre monoplan, tandis que Louis Blériot s'emparait de son idée, hâtait ses préparatifs et réalisait le formidable exploit. Comment, abattu par le chagrin et un sentiment d'injustice, il faillit renoncer à l'aviation. Mais comment, revenu sur les aérodromes, il développa la science de la verticale et resta longtemps recordman de hauteur. Comment il méprisait le danger. Comment il domptait si bien ses nerfs qu'il apparaissait flegmatique et hautain. Comment, le premier, il affronta la tempête du ciel et s'envola par des bourrasques furieuses. Comment, le premier encore, il eut l'idée de survoler l'étendue menaçante des cités en se lançant par-dessus Berlin. Comment il s'inscrivit là-bas comme sapeur-aviateur aux grandes manœuvres et émerveilla l'escadron des officiers étrangers par sa bravoure et son habileté. Comment il suivit les rives de la Seine et doubla la tour Eiffel, en passant au-dessus du Grand Palais. Comment, idole des foules, il manqua de se tuer vingt fois et fut toujours sauvé par miracle ; jusqu'au jour où, en Angleterre, une rafale le plaqua sur un toit. Aventure dont il se tira avec quelques fractures.

Comment, là-dessus, il avait arrêté depuis un an de fréquenter les champs d'aviation. Comment il avait failli épouser une Américaine l'admirant d'avoir tué un daim du haut de son aéroplane. Comment, en décembre, il était parti chasser les grands fauves en Afrique occidentale, descendant les fleuves en pirogue avec une escorte d'indigènes, dont aucun n'était armé : il voulait affronter seul le danger. Comment la caravane en était à son trentième éléphant. Comment – le 25 mai d'après les uns, le 7 ou le 25 juin d'après les autres – au confluent du Dahr-Salamet et du Chari, à cinquante kilomètres au nord de Fort-Archambault[1], il tire un rhinocéros à vingt-cinq pas. La balle atteint le poitrail du mastodonte mais le canon, qui s'est empli de sable, éclate. Latham saisit sa carabine Mannlicher et d'un coup dans l'oreille du rhinocéros, l'abat. C'est alors qu'à vingt pas de lui un énorme buffle sauvage surgit des hautes herbes. Une

1 Actuel Sarh, Tchad.

première balle atteint l'animal au poitrail. Qui charge avec fureur. Très calme, Latham met un genou à terre, ajuste et tire. Hélas, l'arme n'est pas approvisionnée. D'un mouvement de sa tête puissante, le buffle soulève le chasseur, le rattrape sur ses cornes. Ainsi trois fois de suite. Le piétine. L'écrase. Latham meurt sans avoir poussé un cri.

Comment son corps, arrivé à Fort-Archambault, est exposé dans une pièce de l'infirmerie, transformée en chapelle ardente. Le sol est jonché de fleurs, de grandes palmes vertes de bananiers tapissent les murs. Une étoffe blanche, tachée du rouge de la croix de la Légion d'honneur, recouvre la dépouille. Européens du poste, tirailleurs et autochtones viennent en foule saluer cet homme qu'ils aimaient. Ces derniers le vénéraient tel un dieu parce qu'il *allait en l'air comme les oiseaux.*

Comment il s'apprêtait à regagner la France. Comment l'annonce de sa mort est parvenue au somptueux château de Maillebois, chez une mère qui l'adorait, dont il était le fils unique, alors qu'elle se préparait à fêter son retour, ayant à peine reçu de lui un télégramme qui, en fait, confié à une caravane, avait mis plus d'un mois à l'atteindre. Dans une dernière lettre, il s'était montré désireux de vivre désormais auprès d'elle à Maillebois.

Comment une aviatrice, Marie Marvingt, *qui lit dans l'avenir aussi nettement que dans l'espace* – *L'Écho du merveilleux* a même publié un article sur son don de divination –, lui a un soir devant témoins prédit la nature et la date de sa mort. *Le Petit Journal* la qualifie de *chiromancienne* et de *devineresse.*

Marie reste de longs instants les yeux fixés sur cet exemplaire qui montre en couverture une illustration de la mort de Latham. Sa barbe, qu'il a laissée pousser sans la tailler, le vieillit de vingt ans. C'est à peine si l'on reconnaît ses traits. *Il ne ressemble plus guère à la silhouette fine du jeune aviateur dont le visage imberbe était bien connu de tous ceux qui se pressèrent sur les champs d'aviation pour admirer ses prouesses. C'est pourtant bien Latham, d'après ses derniers portraits authentiques*, précise l'auteur de l'article.

Elle s'aperçoit qu'elle est, parmi les élèves de Latham, la seule survivante.

Lorsque Marie apprend que l'Aéro-Club ouvre une souscription afin d'élever à Hubert Latham un monument qui sera érigé sur les falaises de Sangatte, elle décide aussitôt d'y participer avec une partie du produit de ses conférences en faveur de l'avion-ambulance *Capitaine-Echeman*. Elle en a donné récemment une à Nancy, une autre à Soissons, racontant sa traversée de la mer du Nord en ballon, ses exploits en aéroplane, et parlant de l'aviation militaire. Sont déjà prévus en août, avec projections cinématographiques et photographiques, le casino de Vittel, Luxeuil-les-Bains et Saint-Dié. Le samedi 31, elle sera à Gérardmer. Le lendemain, en auto, par la Schlucht, Colmar et Mulhouse, elle gagnera Bussang où elle donnera sa conférence le lundi soir. Retour de nuit à bicyclette à Gérardmer. Puis départ en auto pour rallier Aurillac. Nouvelle conférence. Enfin auto jusqu'à Reims, par le Mont-Dore. En septembre et octobre, elle est attendue à Château-Thierry et au Havre.

D'autres causeries, parmi des ascensions dans un ballon baptisé *Myriel*, des courses en montagne, des apparitions mondaines, notamment pour fêter Saint-Nicolas avec les Lorrains de Paris, et l'entraînement en Deperdussin, s'annoncent pour l'automne. Bar-le-Duc accueillera la dix-huitième conférence.

À ce rythme-là, Marie va pouvoir commander son avion-ambulance à la fin de l'année.

MACHAULT, DÉCEMBRE 1913

C'est un sombre et froid matin de décembre. La terre gelée du chemin qui mène au champ d'aviation crisse sous les pieds de Marie. Un vent glacé survole la campagne rémoise, mais il en faudrait plus que cela pour la décourager. La préparation sérieuse de son brevet militaire exige un vol quotidien. Et elle doit obtenir ce brevet afin de pouvoir piloter l'avion-ambulance *Capitaine-Echeman*.

Où en est-on ?

Béchereau a exécuté un projet magnifique. Marie n'en attendait pas moins de lui. Ce sera un monoplan à trois places, actionné par un moteur Gnome de cent chevaux, muni de la télégraphie sans fil. Son but sera de porter secours aux aviateurs militaires tombés loin du champ d'action. L'avion amènera le médecin et ramènera le blessé sur une civière très confortable. En février, un journaliste a révélé le prix de l'appareil : trente-six mille francs. À sa trentième conférence, Marie n'en avait amassé que onze mille, lui semble-t-il. Il faudrait qu'elle refasse les comptes pour savoir combien au juste. Ça n'est pas dans sa nature. Elle ne peut vivre autrement qu'au jour le jour. Tout ce qu'elle sait, c'est qu'elle veut offrir à l'armée un avion-ambulance baptisé *Capitaine-Echeman*, affecté à la Croix-Rouge, et qu'elle y parviendra.

Il y a pourtant eu un déboire de taille.

L'affable Armand Deperdussin, toujours enchanté de servir la patrie, a accepté avec enthousiasme de construire l'avion au plus juste prix pour Marie, sans aucun gain pour lui. Mais voilà. Une sale affaire, invraisemblable, a éclaté au mois d'août.

Quittant un matin son domicile, M. Deperdussin, récemment décoré de la Légion d'honneur, a été arrêté dans la rue pour faux, usage de faux et escroquerie. Les autorités l'accusent d'un préjudice qui atteindrait trente à quarante millions de francs. Selon la banque plaignante, Deperdussin disait, par exemple, avoir reçu une importante commande du gouvernement russe et lui demandait la somme nécessaire à l'achat du matériel indispensable à la fabrication des aéroplanes. Or, d'après la banque, la commande était fictive, et l'argent servait aux besoins personnels de M. Deperdussin. De plus, le génial et patriotique constructeur d'avions se doublait d'un escroc dans le courtage de soieries, son précédent métier. Le soir même, il était écroué à la Santé.

La presse dévoila les pans d'une histoire extraordinaire, tour à tour joyeuse, mélancolique, surprenante, audacieuse, incroyable, mystérieuse. Après avoir été constructeur de lanternes magiques, Deperdussin, qui parfois jouait gros jeu au casino, possédait les entreprises les plus diverses : éditions musicales ; luxueuse clinique médicale, ultramoderne, rue de Turin, où il faisait soigner les aviateurs blessés ; écoles d'aviation à Courcy, Reims, Pau, Ambérieux, Étampes, Brookland, Bruxelles ; usine d'aéroplanes à Grenelle (c'est là, rue des Entrepreneurs, que Marie rencontra Béchereau) ; courtage de soieries, donc ; établissements de canots automobiles à Juvisy. Il était par ailleurs président du conseil d'administration des Bouffes parisiens, actionnaire de journaux, propriétaire de trois châteaux en Indre-et-Loire avec gardes-chasses, bataillons de serviteurs et équipages, et de deux puissantes automobiles toujours prêtes à le transporter. Il entretenait plusieurs maîtresses et menait une vie de seigneur en compagnie de son épouse dans un somptueux appartement avenue de Villiers. Ses biens vont être dispersés aux enchères.

Le destin de la célèbre marque d'aviation n'est heureusement pas compromis, et les Deperdussin continueront à remporter des records, car des concours financiers ont aussitôt afflué, mais la construction de l'avion-ambulance a été rayée des priorités.

Marie a donc repris son bâton de pèlerin avec une énergie nouvelle. Elle a commencé par structurer sa conférence, qui s'intitule *Deux heures dans les airs*. Les débuts de l'aviation. Comment on devient aviateur. Aérostation, sphérique et dirigeable. Sa traversée de Nancy à Southwold. Impressions aériennes. L'aviation militaire. L'aviation aux colonies. L'avion-ambulance. Suivent des projections. Départ et atterrissage en sphérique par Mlle Marvingt.

Première leçon avec Latham en 1909 (à propos de Latham, Marie pilotant le ballon *Myriel* s'est posée en août près du château de Maillebois, a rendu à Mme Latham une visite empreinte d'émotion). Obtention du brevet sur Antoinette. Coupe Fémina en 1909. Dernier passage à Arcy-sur-Aube du capitaine Echeman au cours de son voyage de six cents kilomètres avec les grandes roulottes qui transportaient des avions de guerre par voie de terre. Une heure au-dessus de la campagne à bord d'un Deperdussin.

Les rapports élogieux parus dans la presse, souvent assortis de longs panégyriques sur Marie, attirent les demandes d'autres villes. Rien que cette année, et autant de bons souvenirs : Mâcon, Dijon, Nîmes, Toulon, Saint-Raphaël, Marseille, Avignon, Nîmes encore, Grasse, Roubaix, Lille, Saint-Omer, Montreuil-sur-Mer, Calais, Monte-Carlo, Cannes, Orange, Vintimille (où elle s'est attiré un franc succès en se faisant amener en avion par Eugène Gibert, à présent vainqueur de la Coupe Deutsch de la Meurthe 1913), Uzès, Chalon, Le Havre… Ah, Le Havre ! Elle se promenait sur les quais lorsqu'elle a été agressée par deux apaches qui pensaient lui dérober son sac à main. Elle rit à nouveau de les avoir vus décamper sous ses coups… Elle oublie sûrement quelques villes. Boulogne, Lyon, Nice, Belfort, se souvient-elle aussi.

Pour réussir dans ses projets, il faut être déjà célèbre. C'est stupide, mais c'est ainsi. Aussi Marie cultive-t-elle sa notoriété, et les relations amicales avec les journalistes. Max Avenay, du *Petit Parisien* a ouvert le feu dès le début du mois de janvier en énumérant ses activités de l'année passée.

Parmi lesquelles *sept cent dix-sept vols sans la moindre casse, quatorze ascensions dont Paris-Bruxelles, donnant le baptême de l'air à trente-deux néophytes.* Elle livre parfois des détails sur sa vie privée, qu'ils s'empressent de publier. Ainsi révéla-t-elle au mois d'août qu'elle *partait chasser le phoque en Hollande sur un yacht ami.* En interview, elle voit passer les questions dans leurs yeux. Un amant, un amoureux l'attend-il sur ce yacht ? Elle feint de ne pas comprendre.

Même les diatribes contre elle finissent par la servir. Tout vaut mieux que le silence. Aussi s'amuse-t-elle des piques d'un journaliste du *Temps* qui écrit pompeusement : *L'aviation est certainement, à notre avis, un des derniers sports dont on puisse reconnaître l'utilité pour le sexe faible… Nous considérons que les femmes ont mieux à faire que de diriger des biplans ou des monoplans.* Celui du *Siècle* amuse autant Marie : *Ne peut-on déplorer que l'héroïsme féminin qui aurait tant à faire sur l'humble plancher des… humains, aille disputer en l'air des victoires que l'homme seul devrait désirer ?* Quel cœur généreux ! En voilà un qui n'a rien compris. Mais la palme revient à l'abbé Delfour. Dans un éditorial de *L'Univers*, intitulé *La Fiancée du danger (Mlle Marvingt)*, ne va-t-il pas jusqu'à se servir traîtreusement du récit de ses exploits pour fustiger les sportives de la terre entière et Marie en particulier ? *Trop, c'est trop*, geint-il. En effet.

Il y a eu par bonheur le fantastique article d'Armand Rio, un baume, dans *Lectures pour tous* du mois d'avril. Également intitulé *La Fiancée du danger*, sous-titré *Mlle Marvingt, reine des sports.* Neuf pages, quantité de photos ! À moins d'avoir le don d'ubiquité, se plaint-il, rien de plus malaisé que de prendre une interview à Mlle Marvingt. Elle avait réussi à trouver un espace de temps entre une visite à Issy-les-Moulineaux et un retour à Nancy. *Je n'aime guère à citer ce qu'on veut bien appeler mes « exploits »*, a-t-elle déclaré en préambule, *mais le moyen de se taire quand on a accepté l'interview ?* Et elle a déploré d'être condamnée à citer ses prix, comme une petite fille qui revient de la distribution… Ses meilleurs souvenirs ont cependant été épinglés par la plume d'Armand Rio : amour pour le cirque, ébats d'une ondine, randonnées à bicyclette – y compris des trajets en tirant des blessés sur une civière –, records en montagne d'hiver et d'été, punching-ball, billard, ballon, aviation, etc. Félix lit et relit l'article, qui se termine sur le projet d'avion-ambulance. *Pièce par pièce, je ramasserai ce qu'il me faut et je réaliserai mon plus cher désir de Française*, a déclaré Marie. *Ce sera une des plus grandes joies de ma vie !*

Tout en se parlant à elle-même et en égrenant ses souvenirs, Marie atteint le champ d'aviation. Elle échange des propos rieurs avec les mécaniciens, monte dans son Deperdussin, et s'enlève.

Au bout d'une heure, il tombe soudain un brouillard aussi épais qu'une garbure, la bonne soupe du Pays basque, faite de pain de seigle, de choux, de lard et de confit d'oie. Marie en a goûté d'excellentes à Bayonne et à Biarritz, villes qui l'ont souvent reçue, et avec grande générosité. Elle préparera une garbure pour Félix dès son prochain retour à Nancy. Elle lui en a promis une, il est temps de tenir sa promesse. Survient une éclaircie, et Marie décide d'atterrir. Après trois grands virages autour du village de Machault pour choisir son terrain, elle découvre un champ excellent, s'y pose sans heurt. Elle roule sur quelques mètres et, soudain, son châssis se bloque dans la terre ramollie par l'humidité du brouillard... L'appareil capote, ensevelissant Marie sous sa coque.

Elle fait des efforts surhumains pour se dégager. En vain. Elle ne peut que se résigner à attendre. Et quelle attente ! Son casque est complètement enfoncé dans la terre. Le sang baigne son visage. Écrasée sous la masse de l'appareil, elle respire avec peine. Sa main gauche réussit à creuser la terre près de sa bouche, et elle peut aspirer un peu d'air. C'est tout.

L'attente est interminable. Dans quel état retrouvera-t-elle le jour ? Gravement blessée, sans doute. Et si personne ne vient la secourir ?

Enfin, elle entend une voix d'homme près de l'appareil : Oh ! le pauvre malheureux, il est mort ! De sa tombe, elle crie : Elle n'est pas morte, mais dépêchez-vous et surtout ne fumez pas ! Elle est inondée d'essence.

Le paysan s'escrime, pourtant s'avère incapable de soulever l'appareil. Marie craint d'être écrasée pendant sa tentative, lui demande de chercher du secours.

L'attente recommence. Douloureuse. Insoutenable. Le paysan finit par revenir avec un aide, et ils parviennent à donner du jour à l'enterrée vive. Sa première joie est de constater que ses deux yeux sont intacts. Puis ils réussissent à la tirer de terre. Elle n'a aucune fracture, cependant crache le sang. Par suite de la compression qui a duré une demi-heure, analyse-t-elle. Elle a le visage en lambeaux et une artère faciale ouverte. De braves gens entourent à présent l'avion. Elle comprend à leur émoi qu'ils s'attendent à la voir expirer. Mais on est solide, heureusement, se félicite-t-elle.

Des chasseurs ont approché une auto qu'elle réussit à gagner malgré la douleur et la conduisent à Machault. Le médecin est absent. Marie demande tout ce qu'il lui faut pour se soigner. Aseptisée, ligaturée, compressée, pansée, elle commande ensuite une auto à Reims, par téléphone. Oh, quel trajet pénible ! Elle souffre beaucoup de son écrasement dorsal.

À la clinique Gueillot, elle est très bien prise en mains. Les complications sont écartées. De l'aventure, il restera des souvenirs, marqués par d'énormes cicatrices. C'est là un détail, juge Marie.

Toute la presse qui compte relate l'accident. De nombreuses lettres de lecteurs inquiets parviennent à Marie. Elle envoie alors le récit complet de son aventure à Frantz Reichel, le chroniqueur sportif du *Figaro*. Qui commence ainsi :

Mon cher Reichel,

Excessivement faible, je ne puis répondre directement aux nombreuses marques de sympathie d'amis qui m'écrivent après avoir lu mon accident dans Le Figaro. *Je vous serais reconnaissante de bien vouloir les rassurer et les remercier de ma part.*

Une fois de plus je reste la fiancée du danger, mais le mariage n'a pas été loin…

Suit l'exposé que nous connaissons. Marie ajoute :

Mon rétablissement complet n'est plus l'affaire que de quelques jours et j'espère bien pouvoir être assez vaillante pour tenter la Coupe Fémina avant le 31 décembre.

C'est mon premier accident d'aéro, et dû réellement à la malchance. C'est également mon « premier bois » depuis deux ans que je pilote le Deperdussin.

Vous voyez, mon cher Reichel, que je l'ai échappé de près.

Bien amical souvenir.

Marie Marvingt

Reichel publie cette lettre, et en profite pour rappeler les victoires spectaculaires de l'héroïne, avec cette observation : *La liste de ses prouesses – authentiques – est telle, que si elle appartenait à un homme, cet homme serait depuis longtemps célèbre et admiré.*

NANCY-PARIS, 11 NOVEMBRE 1918

Les cloches de Nancy sonnent à toute volée. Les édifices publics s'illuminent. L'Allemagne, dégrisée, s'est avouée vaincue. La France est délivrée ! L'Alsace-Lorraine est à nouveau entièrement française. À chaque fenêtre jaillit le drapeau tricolore qui attendait la grande victoire. Finis, les bombardements, les soirées sinistres où des engins de mort rôdaient au-dessus des têtes. L'armistice a été signé à 6 heures du matin. La joie serait indescriptible s'il n'y avait tant de veuves et d'orphelins, tant de blessés, à aider, à soigner, à réconforter. À Paris, M. Poincaré, président de la République, né à Nancy, a reçu le maréchal Foch et lui a adressé de chaleureuses félicitations.

Marie attrape de justesse le train pour la capitale et reste immobile sur son siège, les yeux fermés, comme pour se reposer des quatre années terribles qui viennent de s'écouler. Elle est aussitôt assaillie par une salve de souvenirs…

L'Allemagne a déclaré la guerre à la France le 3 août 1914, mais la menace planait depuis quelques années déjà sur la frontière. Les deux pays s'étaient lancés dans une course aux armements. Tandis que les Français guignaient l'Alsace-Lorraine perdue en 1870, les Allemands voulaient imposer l'hégémonie de l'ancienne Prusse, qui s'arrêtait à Valmy.

Là-dessus, appelée à la rescousse par le sultan du Maroc en butte à des tribus berbères, l'armée française a occupé Rabat, Fez et Meknès. Violation des accords d'Algésiras ! a crié l'Allemagne, qui a dépêché sa canonnière Panther vers Agadir. Des négociations ont assuré à la France un protectorat sur le Maroc, mais en échange du Congo. Les deux puissances ont continué à se regarder en chiens de faïence. Chacune a cherché des alliés. Le 28 juin 1914, les deux coups de pistolet tirés à Sarajevo – cette petite ville que Marie et Félix ont tant aimée – par un terroriste serbe sur l'héritier de l'empire austro-hongrois et son épouse, ont mis le feu aux poudres.

La Serbie était liée à la Russie, donc à la France. Lorsque l'Autriche-Hongrie a déclaré la guerre au royaume de Serbie, le jeu des alliances a plongé toute l'Europe dans la guerre. En France, on s'y attendait. La nouvelle a déclenché un enthousiasme général. Les soldats sont partis avec confiance au combat, persuadés qu'ils seraient dans trois semaines à Berlin. Sûrs de la victoire ! Félix regrettait, vu son grand âge, de ne pas pouvoir abattre des Prussiens.

Marie s'est aussitôt rendue à Paris pour se mettre à la disposition du ministre de la Guerre. Pilote et infirmière, il lui semblait évident qu'elle serait à même d'augmenter les chances de survie des blessés. Elle pensait être invitée à partir avec des aviateurs volontaires. N'était-elle pas titulaire des trois brevets de pilotage – ballon, avion, hydravion –, ce dont peu d'hommes pouvaient se vanter ? Elle connaissait parfaitement la Lorraine, et était à même de rendre les plus grands services. À l'appui de sa demande, elle fit valoir que l'armée russe acceptait les engagements de jeunes éléments féminins, dames ou demoiselles. On vous écrira, lui répondit-on. Elle est donc retournée à Nancy. Seule satisfaction : elle avait noué des relations, enrichi son carnet d'adresses.

Ce carnet était déjà bien rempli grâce aux nombreux banquets auxquels elle avait coutume d'assister. Malheureusement, grâce aux obsèques aussi. Ainsi celles d'Hubert Latham, dont le corps avait enfin été rapatrié pour être enterré au Havre en janvier. Le convoi funèbre disparaissait sous des gerbes de fleurs et des couronnes. Chefs militaires, notabilités industrielles et financières, aviateurs, magistrats, corps consulaires... Marie avait pu, à cette occasion, intéresser du monde à son projet d'avion-ambulance. Ses conférences continuaient à être sollicitées. Angers, Bourges, Nevers, Moulin, Tours, Saumur, Cholet, Nantes, Orléans... Suivait généralement un bel article dans la presse.

Marie avait fort apprécié celui de *L'Indépendant du Cher* qui, en plus d'un long aperçu sur sa carrière sportive multiforme, insistait sur ses qualités morales. On vendait aussi beaucoup, au profit de l'œuvre, la superbe affiche de maître Friant, représentant l'infirmière aviatrice donnant, en compagnie du médecin-capitaine Thiry, des soins à un soldat blessé au pied, devant l'avion-ambulance, un Blériot.

Malheureusement, le projet n'a pas pu aboutir avant la déclaration de la guerre.

Très vite, il n'a pas été de jour sans que de nombreux Nancéiens soient blessés ou tués sur le champ de bataille. Que de sacrifices ! Infirmière de la Croix-Rouge, Marie a offert son aide à un service de grande chirurgie, travaillant sans relâche, dans l'odeur d'iode, sous la direction des grands professeurs qui l'avaient enseignée, MM. les docteurs Gross, Rohmer, Vautrin, Gauthier et Gaston Michel. Il fallait nettoyer, panser, mais aussi tailler, trancher, cautériser. Parfois dix amputations par heure. Combien d'estropiés et de mutilés à vie !

Marie aurait pu passer la guerre ainsi, selon la décision des hommes qui refusaient son apport. Cependant le destin s'en mêla.

Parmi les blessés, arriva un pilote chargé de mission. Son avion devait participer à un raid aérien. Or, sa blessure lui interdisait de repartir et aucun autre pilote n'était disponible. L'information ne tomba pas dans l'oreille d'une sourde. Marie demanda à être reçue par le commandant de la base, qui la reconnut sans hésiter ! Il l'avait admirée en mars 1912, révéla-t-il, lors de la Grande fête patriotique sur le plateau de Malzéville. Marie, à cheval et en tenue d'amazone, invitée à se placer au premier rang, avait vivement félicité un aviateur pour son atterrissage savant devant la cavalerie. Avant de présenter sa requête au commandant de la base, elle ne put s'empêcher de répondre, la voix moqueuse, qu'elle avait obéi à la récente injonction de M. Pierre de Coubertin, fondateur des Jeux olympiques, qui avait proféré : *Les Jeux olympiques devraient être réservés aux hommes, le rôle des femmes avant tout devant être de couronner les vainqueurs !*

Que me vaut l'honneur de votre visite, Mlle Marvingt ? s'était alors enquis le commandant après un petit rire pincé. Cela n'avait pas été facile, mais Marie avait réussi à le persuader de l'autoriser à remplacer le pilote blessé.

Il s'agissait de bombarder Frescaty. Tout un symbole ! C'était là, sur cette terre lorraine, non loin de Metz, que l'empereur allemand avait créé un terrain pour ses énormes dirigeables. Marie a aussitôt sauté dans un bombardier de l'escadrille en mission, a pilonné les hangars à zeppelins, une gare et une caserne de Metz ! Ah, quelle belle journée, ce 29 décembre ! Qui lui valut d'ailleurs de recevoir la croix de guerre en 1915. Aucun regret. C'étaient des établissements militaires. Ainsi s'étaient déroulés les premiers bombardements aériens français, et Marie pouvait se vanter d'avoir été la première femme au monde engagée par l'aviation militaire. La première bombardière !

Son action n'avait pas été exempte de vengeance. Les zeppelins allemands avaient eux lâché des dizaines de bombes sur la ville de Nancy et ses habitants. Par exemple le 26 décembre, à 5 h 30 du matin. Marie était de garde de nuit à l'hôpital lorsqu'elle entendit les zeppelins tournoyer dans le ciel. Vingt minutes plus tard, le premier projectile tombait au milieu d'un fracas épouvantable. Marie fut environnée d'éclats, tandis qu'une véritable pluie arrosait les arbres du jardin. L'hôpital était visé, mais un immeuble voisin prit les coups. Dégâts matériels seulement. Marie réussit à tranquilliser les blessés de sa salle. Comme l'hôpital dominait la ville, elle pouvait suivre le trajet du dirigeable au bruit des moteurs et aux lueurs produites à chaque bombe lancée.

Et voilà qu'il s'avançait vers le Palais du Gouvernement, place Carrière ! Comme le danger s'était écarté de l'hôpital, Marie laissa ses blessés sous la surveillance de son auxiliaire, enfourcha sa bicyclette et dévala vers l'appartement où dormait Félix. L'escalier de la maison était criblé de verre. Elle gravit les étages l'angoisse au cœur… et se jeta dans les bras de son père, heureusement indemne. Mais il l'avait échappé belle. Un énorme éclat d'obus était tombé sur son lit !

L'appartement était ravagé. Plus un seul carreau intact. Les portes, fenêtres, tentures, étaient déchiquetées par les éclats de la bombe qui avait explosé au pied de l'immeuble. Une infirmière de la salle de Marie, logée dans le bâtiment voisin, fut touchée à la jambe, et la malheureuse resta estropiée. Il y eut deux morts. Des civils.

Dans le train qui l'emporte vers Paris, Marie s'arrache à cette évocation pénible et se dirige vers le wagon-restaurant, s'amusant à l'avance des regards indignés qui risquent de saluer sa présence non accompagnée. Il est mal éclairé, plongé dans une odeur rance. Marie, qui a le don de substituer les images, s'installe dans le souvenir d'un Orient-Express pris avant la guerre. Il filait dans la nuit étoilée avec de belles dames et de beaux messieurs. Des volutes bleutées montaient des havanes, nimbant les appliques de cristal. Des plats d'argent circulaient… Mais à peine Marie s'est-elle assise que la ronde des souvenirs récents s'empare à nouveau d'elle.

Après sa mission aérienne, elle avait repris sa tâche d'infirmière-major lorsqu'un soldat blessé observa d'un ton amer : D'accord, les pilotes risquent leur vie dans des avions fragiles, mais ils ne doivent pas, comme nous, faire face à la mort au corps à corps, s'escrimer à progresser sur des kilomètres de terrain épuisant, dormir dans des fossés fangeux !

La mauvaise conscience s'était emparée de Marie. Qui n'avait pas mis longtemps à mûrir sa décision. Elle voulait apporter sa contribution au lieu de rester à se lamenter sur la guerre.

À l'époque, elle n'avait pas encore rencontré le maréchal Foch, savait cependant par un ami commun qu'il connaissait son existence. Elle avait donc chargé cet ami de présenter sa demande et… le maréchal avait exprimé son accord. L'autorisation était officieuse, mais réelle. À Nancy, Marie avait ensuite approché M. Schmidt, un lieutenant de chasseurs auquel autrefois, voyant ce garçon doué, elle avait donné des leçons de ski à Gérardmer. Qui accepta avec joie de l'aider. Ainsi Marie devint-elle *le chasseur Beaulieu*, affecté au 42e bataillon de chasseurs à pied. Elle rejoignit dans le Pas-de-Calais son unité qui prenait part aux combats cherchant à endiguer l'avance allemande vers la mer.

Ah, elle avait une sacrée dégaine, Marie casse-cou, dans sa tenue gris de fer bleuté ! Manteau, pantalon pris dans de courtes jambières noires, vareuse dans le sac. Un casque, par chance. Partie quelques mois plus tôt, Marie n'aurait eu droit qu'à un képi. Qui protégeait moins bien le crâne. Mais surtout, le casque lui avait permis de cacher ses longs cheveux. Et de ressembler vraiment au poilu lambda.

Le lieutenant Schmidt lui avait présenté quelques camarades fiables, qui garderaient le secret, enchantés de côtoyer la fiancée du danger. Marie parlait peu en présence d'autres soldats et contrefaisait une voix de basse en cas de nécessité. Façon d'exercer ses talents de comédienne.

Elle avait donc connu la guerre des taupes sur ces immenses étendues de terres zébrées par les tranchées où luttaient, enfoncés jusqu'aux genoux dans la gadoue, des combattants sous-alimentés et dévorés par la vermine. Le sol était constamment secoué par les coups répétés des artilleries. Les poilus pendant la nuit se transformaient en blocs de boue. Des chasseurs tombaient chaque jour. La puanteur des cadavres infestait l'air. Marie s'était battue dans les tranchées de première ligne avec ses compagnons. Elle avait fait le coup de feu, comme les autres. Pris son tour au poste d'écoute. Combattu à la mitrailleuse. Elle n'avait reculé devant rien.

Et aussi, si bizarre que cela puisse paraître, elle s'était bien amusée ! S'étant aperçue que le colonel d'un régiment voisin était l'un de ses cousins, elle se porta volontaire pour lui remettre un pli en mains propres. L'ennemi mitraillait sévèrement le PC, mais elle y parvint sans encombre, et remit son pli. Voilà pour boire un verre ! dit le colonel en mettant la main à sa poche. Ça ne se fait pas dans la famille ! répliqua-t-elle en abattant sa main sur l'épaule de l'officier supérieur. Empoignez-moi cet homme ! hurla-t-il. Mais elle ôta son casque, libérant ses cheveux, et tomba dans les bras de son cousin ébaubi.

Elle aurait pu endosser encore longtemps son rôle de fantassin, sans la visite du général qui avait demandé à inspecter les troupes. À l'égal de ses compagnons, Marie se tenait bien droite, les yeux fixes. Soudain, un pied heurta l'arrière de sa botte. Quelqu'un chuchota des mots incompréhensibles. Puis nouveau coup de pied. Elle inspecta sa tenue. Tout semblait normal. Mais voici que le général, posté devant elle, la regardait d'un air singulier. Elle soutint son regard sans broncher. Il fit alors signe au commandant. Qui la regarda aussi et lui demanda de le suivre. Elle comprit en passant devant le miroir à raser pendu à l'entrée de la tente. Une longue boucle de cheveux dépassait de son casque.

Marie regagne son compartiment, et s'endort quelques instants, bercée par le roulement du train. Sa rêverie reprend dès qu'elle ouvre les yeux. Le chasseur Beaulieu fut renvoyé du front après deux mois d'exercice, et Mlle Marvingt retourna dans les hôpitaux… en attendant une réponse à sa lettre au maréchal Foch. Comme elle souhaitait poursuivre le combat, il l'autorisa à rejoindre, sous son apparence féminine, le 3e régiment de chasseurs alpins. La tenue était plus seyante que celle du poilu : chapeau à plume, col blanc, bottes et cape qui s'arrêtait aux genoux.

Après dix mois de neutralité, l'Italie était entrée le 24 mai 1915 dans le conflit en déclarant la guerre à l'Autriche-Hongrie. Les combats se déroulaient sur l'arc alpin. Dans les Dolomites, où Marie fut envoyée, elle procéda au ravitaillement à skis, à l'évacuation et à la prise en charge des soldats blessés. Il fallait parfois les descendre à la corde, avant de les déposer sur des civières munies de patins. Marie disposait d'un aéroplane spécifiquement équipé, ce qui lui permit de mettre en pratique ses théories sur l'aviation médicale.

Ski, alpinisme, aviation, soins aux blessés, Marie était dans son élément ! Elle dut lutter contre un froid de quarante degrés au-dessous de zéro. Contre la neige dont la hauteur atteignait plus de quatre mètres. Elle vit des hommes mourir de congestion. Elle-même l'échappa belle. Une avalanche l'ensevelit pendant plus d'une heure, elle dut être évacuée à l'arrière. Malgré ces péripéties, elle aurait persisté jusqu'à la victoire si elle n'avait été rappelée à Nancy en mars 1916.

Félix, qui avait jusqu'alors donné les preuves d'une santé de fer, était gravement malade. Elle le veilla nuit et jour, mais il mourut le 10 mars. La peine de Marie fut immense. Pendant près de vingt ans, il avait été tout pour elle. Père, frère, soutien, admirateur, complice, ami. Elle ne manquait jamais de passer quelque temps avec lui entre ses diverses occupations. Elle lui préparait une provision de confitures de mirabelles. Avec les tartes aux quetsches parfumées de cannelle, c'était le péché mignon de Félix… Du jour où il n'avait plus pu pédaler, elle avait attaché un side-car à sa bicyclette pour le promener. Et voilà qu'elle était seule, absolument seule. Il ne serait plus là pour partager la joie de ses succès, lui qui l'avait formée, entraînée, conseillée. Ne pouvant supporter de vivre dans l'appartement vidé de sa présence, Marie en loua un plus petit, dans la même maison. Une fois que ce fut fait, elle s'aperçut que le loyer serait moins élevé, un avantage certain puisque la pension de Félix s'était arrêtée avec son dernier souffle. Cela ne l'avait pas effleurée plus tôt.

Après l'enterrement de Félix, Marie s'est à nouveau jetée dans l'action. Infirmière. Journaliste. Elle a soutenu

Academia, cette institution si nécessaire d'éducation physique et sportive de la femme, de la jeune fille et de l'enfant. A repris ses conférences. Excellent souvenir de Saint-Dizier. Est repartie, correspondant de guerre, sur le front italien en janvier 1917. Les officiers italiens sont décidément les meilleurs danseurs de tango ! A donné en Suisse des conférences aux internés français. Ce fut l'occasion d'évoquer une foule de souvenirs ! Son voyage en ballon de Nancy à Southwold, son Tour de France, son apprentissage auprès d'Hubert Latham…

Sur le front, elle avait emmagasiné une collection impressionnante de photos. Revenue pour quelques jours à Nancy, elle prépara une nouvelle causerie. Elle racontait ses entrevues avec les grands chefs de l'armée italienne, grâce aux photos pointait du doigt les difficultés inouïes de la guerre en Carnie et dans le Trentin, et contait les charges de la cavalerie. Les auditeurs s'y croyaient.

Marie s'établit alors à Lyon pour une série de conférences dans la région, avec l'idée de repartir depuis là en Italie, mais s'aperçut que son visa était périmé… Vite, elle adressa sa demande au préfet du Rhône. La réponse traîna… c'est bien après qu'elle connut les raisons de cette lenteur.

Le préfet avait câblé à son homologue de Meurthe-et-Moselle : *Prière de me faire connaître urgence si vous voyez inconvénient à ce que je vise à nouveau pour l'Italie passeport délivré votre préfecture 24 juillet dernier sous le n° 133, à Mademoiselle Marvingt Marie Félicie Élisabeth, correspondante de guerre et aviatrice actuellement Lyon (…). Consul général Italie Lyon m'a fait connaître confidentiellement qu'il avait reçu sept septembre dernier ordre de refuser visa pour Italie à Marvingt Marie.*

À Nancy, le préfet de Meurthe-et-Moselle avait interrogé M. Gérard, commissaire spécial. La réponse fait encore rire Marie. Après avoir détaillé l'état civil de la requérante, ce dernier avait ajouté une appréciation personnelle et ambiguë : *D'allures masculines, Mlle Marvingt a des mœurs très libres, et bien qu'aucun fait précis n'ait pu être établi, sa conduite privée laisserait à désirer. Malgré cela son patriotisme ne peut être mis en doute. La pétitionnaire est absente de Nancy depuis de longs mois, elle voyage soit en France, soit à l'étranger, où elle poursuit une série de conférences, notamment en Suisse (canton de Berne), où elle se trouvait en 1916. Étant donné ce qui précède, j'estime qu'il ne peut y avoir aucun inconvénient à lui accorder le visa de son passeport pour l'Italie.*

Très savoureux, ce *bien qu'aucun fait précis n'ait pu être établi, sa conduite privée laisserait à désirer* ! s'amuse Marie. Ce qui dérange, c'est tout simplement son désir de vivre librement sa vie à l'égal des hommes. Car personne ne lui connaît ni amant, ni amante, ni aventures, ni débauche !

Marie est donc repartie pour soutenir les Italiens. Jusqu'à leur terrible et triste défaite de Caporetto, en novembre 1917. Elle faillit être prisonnière de ceux qu'elle appelait les Boches, survenus pour conforter les Austro-Hongrois. Elle quitta Udine en pleine nuit à bicyclette quelques heures avant leur arrivée et regagna l'hôpital de Nancy. Puis elle refit sa valise pour aller soigner les blessés à l'hôpital du Panthéon, créé en 1914 à Paris par le sénateur et médecin Émile Chautemps, et assister aux obsèques de Charles de Luynes, duc de Chevreuse, sous-lieutenant aviateur, mort en service commandé. Le chœur de l'église Saint-Philippe du Roule avait été tendu de draperies noires frangées d'argent et barrées, au sommet, par une large bande blanche parsemée d'étoiles dorées. Dans l'assistance, des ducs et duchesses, comtes et comtesses, des marquis et marquises, des princes et princesses, des vicomtes et vicomtesses, un lord, des ministres, des généraux… La presse avait cité la présence de Marie parmi cette assemblée prestigieuse.

Le train entre en gare de Paris. Marie sait que les plaies seront encore longues à panser. Mais aujourd'hui est un jour de liesse. Qu'elle s'apprête à fêter le plus joyeusement du monde avec ses amis de l'Aéro-Club !

CASABLANCA, FÉVRIER 1922

Ne courez pas si vite, la petite dame ! supplie près de trois ans et demi plus tard le porteur de la gare d'Orsay, à Paris. On peut dire que vous avez de bons mollets, vous ! Mais, dites donc, c'est pas vous qu'on voit parfois dans les journaux ? Ah oui, j'vous reconnais ! Quand je le dirai à mon gosse, il en reviendra pas !

Marie sourit, les yeux émaillés de paillettes. Demande le prénom du garçon. Tire de son sac une carte postale qui la représente jouant la comédie en kimono japonais, et la dédicace de son écriture décidée en se réjouissant d'apporter de la joie à l'enfant. Enfin, celle que les sportifs appellent à présent *Marvingt*, sans sexe ni prénom, s'installe dans le train de Toulouse avec un soupir d'aise. Marvingt. Elle aime s'appeler ainsi en parlant d'elle. Marvingt. Ça sonne bien.

Il ne lui est rien arrivé d'extraordinaire depuis la fin de la guerre. Ce n'est pas faute d'avoir essayé. Toutes ses tentatives sont restées vaines. Mais cette fois, c'est sûr, l'aventure l'attend au bout du chemin !

Elle a par exemple posé sa candidature auprès de la Royal Geographic Society pour participer à une expédition dans l'Everest. Restée lettre morte. Elle avait pourtant rédigé une demande qui mentionnait l'ensemble de ses acquis. *Je suis Mademoiselle Marvingt, aviatrice, sportswoman, détentrice de dix-sept titres mondiaux de championnats du monde dans tous les sports, ayant traversé la mer du Nord et la Manche en ballon*, etc. Elle a ajouté ses décorations : croix de guerre 1914-1918 avec palme, palme de guerre comme assistante bénévole de chirurgie, médaille de la Reconnaissance française 1914-1918, officier de l'instruction publique, médaille du ministre de la Guerre, tireur première classe… Elle a aussi joint le magnifique article de deux pages publié par *Le Miroir des Sports*, intitulé *Une femme qui pratique tous les sports*, avec de nombreuses photos dont une qui la montre en poilu dans les tranchées.

De voler, il n'était plus question. En 1914, lorsqu'elle est allée proposer son aide comme aviateur volontaire, non seulement elle s'est vu opposer un refus, mais le gouvernement a réquisitionné son avion. Un peu raide, quand même ! Cependant son patriotisme inébranlable s'en est accommodé.

Les aviatrices ont disparu de l'horizon. La baronne de Laroche est morte en juillet 1919 au cours d'un vol d'entraînement, dans son célèbre sweater blanc orné de la rosette d'officier de l'instruction publique, sur un prototype piloté par l'aviateur Barrault. L'avion s'est écrasé sur la plage du Crotoy. Tristesse de penser que la baronne n'était même pas aux commandes. Marthe Niel, qui volait sur monoplan

Koechlin, s'est arrêtée en 1911, lorsque le constructeur d'avions Paul Koechlin a cessé ses activités. Elle l'a épousé, il a péri dans la bataille de la Somme, elle s'est remariée. Cependant une nouvelle venue, Adrienne Bolland, a réalisé un exploit extraordinaire ! Partie d'Argentine, elle a passé à six mille mètres la cordillère des Andes, sans carte ni instrument de navigation, alors que le plafond prévu pour son avion était seulement de quatre mille mètres. Accueil triomphal au Chili. Toutefois, le consul de France à Santiago ne s'est pas déplacé, croyant à un poisson d'avril ! Ah, ces hommes !

À moins d'être assez fortunée pour pouvoir acheter et entretenir un appareil, point de salut en cette époque ! Tout l'argent récolté, Marie le réserve à son avion-ambulance. Le projet n'a pas encore pu aboutir, mais la notion dont elle est la marraine a pris corps.

En 1919, le général Poeymirau fut grièvement atteint lors d'une expédition dans les régions non pacifiées du Maroc. Transporté dans un avion équipé, il fut soigné à Ksar Es-Souk par un médecin qui, parti de Fez en avion, avait franchi en trois heures la chaîne de l'Atlas. Dès qu'il fut en état d'affronter un nouveau transport, le blessé partit pour Bou Denib où vinrent l'accueillir le général Lyautey, aujourd'hui maréchal, et un éminent chirurgien parisien. N'importe quel autre moyen de locomotion lui aurait imposé des cahots et une fatigue qui auraient pu lui être fatals. Poeymirau, homme de valeur, est maintenant parfaitement rétabli. La presse n'a pas manqué de rappeler que Marie avait, la toute première, préconisé l'emploi d'avions pour le transport des blessés.

Lyautey est un homme merveilleux, songe Marie, d'ordinaire avare de compliments envers la gent masculine. Elle a souvent eu l'occasion de rencontrer, et d'apprécier ce Nancéien devenu en 1912, lors de l'établissement du protectorat français au Maroc, le premier résident général, chargé de réprimer les tribus rebelles. Elle apprécie sa droiture, son immense culture, son goût de l'écrit et de la littérature, sa diplomatie naturelle, son empathie. Oui, il aime les gens, y compris ceux qu'il combat. Il s'obstine à défendre l'intérêt général contre la cupidité privée. Et lui, elle le sait, l'estime pour ses luttes mais aussi pour son non-conformisme et sa liberté d'esprit. Elle se réjouit de le revoir bientôt. Car Marie part pour le Maroc, invitée par le président de la République, Alexandre Millerand, élu en 1920, à suivre son voyage : Maroc, Algérie, Tunisie. Elle a de bons souvenirs de ses rencontres avec M. Millerand après la guerre, lorsqu'il était chargé d'organiser le retour de l'Alsace-Lorraine. Elle est la seule femme invitée.

C'est Pierre-Jean Latécoère qui a eu l'idée de créer un site aéronautique à Toulouse et d'en faire le point de départ d'une ligne France-Maroc, Toulouse-Casablanca. Arrivée le matin dans la Ville rose, Marie rejoint aussitôt l'aérodrome Latécoère. Il accueille sur cinq aéroplaces soixante-dix avions pilotés par vingt-trois aviateurs, note l'amoureuse des chiffres. Elle salue joyeusement quelques amis reconvertis dans l'aviation commerciale, puis c'est le décollage pour Barcelone en compagnie de cinq autres voyageurs, des hommes d'affaires. Marie ne perd pas une miette des paysages. Collée au hublot, elle voit passer Carcassonne, Narbonne et Perpignan, selon la route choisie pour franchir les Pyrénées au plus bas. Dans la traversée de la chaîne, elle surprend des vallées creuses et étroites, des villages enserrés par les rochers, tapis à l'abri des vents. Lui reviennent en mémoire les récits enchantés d'amis alpinistes qui ont parcouru le massif du Canigou. Déjà l'avion survole l'Espagne, un pays très vallonné. De nombreuses plages au bord de la mer offriraient en cas de panne des endroits favorables pour les atterrissages... Il aura fallu deux heures seulement pour atteindre l'aéroport de Barcelone, où un déjeuner les attend dans un élégant petit restaurant installé par M. Latécoère, car la ville ultramoderne de Barcelone, éloignée, ne peut être atteinte que par des chemins immondes, dit le pilote.

On repart pour Alicante. Marie distingue les îles Baléares, puis les nuages lui cachent le paysage jusqu'à l'arrivée. Une mauvaise route conduit les passagers au joli petit port chargé de bateaux, où l'on dîne et dort à l'hôtel Reine Victoria. Le lendemain, Alicante-Malaga. Après la traversée d'un désert, et le passage au-dessus des massifs enneigés de la Sierra Nevada, surgit soudain Grenade, comme dans un conte de fées, resplendissante sous le soleil. Mais des nuages cachent la suite du trajet jusqu'aux environs de Malaga, plantés de coquettes petites maisons aux toits de tuiles vertes. À l'aéroplace, une voiture emporte les voyageurs vers la ville pour un déjeuner rapide et sympathique à l'hôtel Regina. On ne s'attarde pas. Vite, quatrième étape, on repart pour Casablanca.

L'avion passe presque au zénith du rocher de Gibraltar. Sauvage et impressionnant, il surplombe la baie d'Algésiras, d'un bleu splendide, riante, couverte d'innombrables petits bateaux et entourée de maisons semblables à des jouets d'enfants. Vu d'en haut, le détroit de Gibraltar, enserré entre les côtes espagnole et marocaine, n'a guère plus d'importance qu'un ruisseau. L'avion passe à toute vitesse au-dessus de Tanger, et longe une côte montagneuse. Puis ce sont Salé et Rabat, où l'on atterrit afin de déposer du courrier. Nouveau départ, pour Casablanca cette fois. Mille six cent soixante kilomètres en onze heures, songe Marie ravie. Une moyenne de cent cinquante kilomètres à l'heure ! Qui l'eût imaginé treize ans plus tôt, lors des sauts de puce de Sommer et de Latham ?

Dès son arrivée dans la Ville blanche, Marie plonge dans la médina, goûte le charme des vieux quartiers indigènes aux minarets et maisons entassées le long de rues étroites, se mêle à la foule grouillante et bigarrée, se laisse griser par l'arôme étourdissant d'un figuier. Le lendemain et les jours suivants, elle parcourt avec avidité la cité moderne récemment sortie de terre, respire le parfum des orangers couverts de fleurs et de fruits, se rend à la résidence pour saluer le maréchal, va frapper aux portes des rédactions, qui l'accueillent en amie.

Le président Millerand a quitté Paris le 28 février par train spécial pour Bordeaux où il a embarqué sur le croiseur cuirassé *Edgar Quinet*, qui mouille ce jour, 5 avril, en rade de Casablanca. Suivi par le *Figuig* chargé des journalistes et des parlementaires, vexés. Ils auraient dû arriver en premier si, face à la terrible la tempête qui s'était déchaînée, leur paquebot ne s'était avéré incapable de soutenir la vitesse présidentielle. Toutefois, c'est un temps radieux qui accueille le chef de l'État français dans Casablanca entièrement pavoisée.

Marie assiste avec émotion au débarquement. Elle photographie la multitude de petites barques qui tournoient autour de l'*Edgar Quinet* tandis que le canon tonne, le maréchal Lyautey monté à bord pour saluer M. Millerand, la barcasse vert, noir et or, ornée de tapis et de coussins aux couleurs vives qui les mène à quai, la tente à fond rouge, toit vert et boules d'or où, fait exceptionnel, attend le sultan Moulay Youssef, brillante barbe noire, en burnous de soie blanche, sa garde noire en uniforme d'un rouge éclatant. La foule acclame : Vive la France ! Vive la République ! Vive Millerand ! Vive le maréchal ! Mais il est bientôt l'heure du banquet offert par la presse marocaine aux journalistes parisiens. Marie y retrouve avec joie de nombreux confrères.

Dès le lendemain commence un périple enchanteur. En tête de la caravane de quarante véhicules, le président circule dans une automobile fermée. Ouvertes sont celles de la presse, où s'entassent les chroniqueurs enturbannés d'un chèche pour se soustraire à la poussière. Aux arrêts, Marie ne perd pas une miette des discours officiels, envoie des cartes postales.

Un projet ambitieux mûrit dans son esprit. Elle note, photographie, dessine. Observe les lieux et les gens qui se pressent au passage du cortège : cavaliers en burnous dressés sur leurs chevaux ; groupes de femmes enveloppées dans leurs voiles blancs ; tentes brunes ou blanches environnées de chameaux, de moutons noirs, de petits ânes entre-caressant leurs joues bourrues ; riches tribus aux chefs vêtus d'étoffes précieuses, aux tentes ornées de tapis éclatants, aux chevaux harnachés de cuir brodé d'or ou d'argent ; vieillards noblement drapés dans leur manteau couleur de sable ; cavaliers lancés dans une fantasia ; à l'arrêt, sous la tente, les mains aspergées de fleur d'oranger, les pâtisseries entassées sur des plateaux de cuivre et le thé à la menthe servi dans une verrerie à motifs délicatement colorés ; les montagnes de l'Atlas casquées de neige ; les sourires blancs illuminant des milliers de faces bronzées ; le youyou continu des femmes ; les cigognes qui volent bas ; au coucher du soleil, la poussière qui tourbillonne comme de la cendre incandescente.

À Marrakech, après la traversée de la palmeraie plantée d'une centaine de milliers de palmiers, comment n'être pas charmée par le palais à cour de marbre où des fontaines jaillissent de vasques gracieuses, où de petits jardins embaument l'oranger, le myrte et la menthe ? Et touchée par les visites aux deux hôpitaux que M. Millerand quitte après un don. Le soleil est redoutable, et Marie sent le président souffrir sous son chapeau melon noir. Achetez donc un casque colonial, lui souffle-t-elle. Il la remercie vivement, et se fait apporter un casque de toile kaki ceint d'un large ruban bleu. Aussitôt tous les nez rôtis et pelés, ministres, sénateurs, députés et journalistes, de se précipiter chez le marchand de casques coloniaux !

Les souks étroits et tortueux voient arriver M. Millerand encadré par le pacha de Marrakech Hajj Thami El Glaoui et le maréchal Lyautey, au son des joueurs de flûte et de tam-tam, défilant entre tapis et djellabas. Le maréchal présente Marie à l'élégant pacha, yeux rieurs et barbiche frisée, épris d'art, dans un jaillissement de couleurs, une cacophonie de senteurs. Légumes, épices, menthe, cuir, grillades, jasmin. Place Jemaa el-Fna, les charmeurs de serpents, le conteur maure, les diseurs de bonne aventure la fascinent. Le soir, Marie assiste avec éblouissement à la grande réception agrémentée par des musiciens et des danseurs, offerte par El Glaoui dans son palais luxueux. Le faste en a été annoncé par la double suite d'hommes aux lanternes multicolores qui éclairaient la route sur deux kilomètres. Un mobilier Louis XVI, un piano et le téléphone s'épanouissent dans un écrin où se marient les mosaïques andalouses, le cèdre, le marbre et les vitraux. De sa main parée d'un diamant scintillant, El Glaoui puise dans sa bibliothèque des manuscrits aux enluminures précieuses, des exemplaires du Coran vieux de plusieurs siècles.

Tôt le lendemain, sous un ciel sans nuages qui laisse prévoir une chaleur intense, c'est le départ pour Rabat. Déjeuner à Settat, sous des tentes couvertes d'étoffes aux broderies multicolores, plantées dans un jardin de palmiers, d'oliviers, de pins d'Alep. D'épais tapis et des coussins de velours rehaussés d'or attendent les convives devant des tables basses, surchargées de victuailles. Méchoui, pastilla, ragoût de poulet aux amandes et aux raisins secs, couscous… Marie est enchantée de dévorer ces mets avec ses doigts, selon la tradition. Bien meilleur qu'au bout d'une fourchette, estime-t-elle. De splendides serviteurs berbères, noirs comme l'ébène, emportent les plats vidés avec appétit. Chants, danses, musique. Lait d'amandes, citronnade, eau de rose. Un rêve éveillé.

Tandis qu'à Paris et Nancy, il fait gris ! songe Marie. Le souvenir de sa terre natale encore ravagée par l'ouragan de la guerre lui obscurcit quelques instants l'esprit. Mais elle revient vite au présent, si prégnant.

C'est dans un landau attelé de quatre mules montées par des spahis à grands manteaux rouges, précédé d'un peloton de spahis et de chefs en costumes somptueux, entre une haie compacte de milliers de cavaliers maures, que le président et le maréchal Lyautey entrent dans Rabat. Des centaines de femmes indigènes agitent des tambourins et poussent des youyous stridents. Marie est heureuse d'apercevoir un vieil ami lorrain, le général Bertrand, commandant de la subdivision de Casablanca, qui a remporté nombre de belles victoires pendant la guerre, et à présent se tient à cheval au niveau de la portière du président.

À peine M. Millerand est-il installé à la nouvelle résidence de France – il va l'inaugurer en fin de journée –, qu'il reçoit la visite de Sa Majesté le sultan Moulay Youssef. Sympathique, avec son large visage ceint d'une barbe noire, ses yeux vifs et son sourire éclatant. La djellaba en soie blanche et l'habit barré du grand cordon de la Légion d'honneur échangent des compliments. Le moment où l'on se revoit est toujours le meilleur, dit le sultan. À peine a-t-il quitté les lieux que le président délaisse la résidence à son tour pour aller… rendre sa visite au sultan. La salle du Trône compose le joyau du palais ceint d'un bois d'eucalyptus.

Cette fois, c'est Moulay Youssef qui porte le cordon de la Légion d'honneur et M. Millerand qui affiche l'écharpe orange de l'Ouissam alaouite. Personne ne quittera le palais sans avoir applaudi les discours, goûté aux cornes de gazelle, aux cent autres douceurs et au thé à la menthe qui infuse dans des samovars géants. Et sans avoir partagé les potins ! Le frère de Moulay Youssef, qui en 1914 a offert ses services à l'Allemagne et filé en Espagne, abandonna sur place son harem de cent houris. Le généreux frère a fait venir à Rabat ses cent belles-sœurs pour subvenir à leurs besoins.

Le lendemain, les automobiles qui emportent leurs passagers vers Meknès s'arrêtent à Moulay Idriss, la ville sainte perchée au sommet du Zerhoun, où repose le saint le plus vénéré du Maroc. Soixante-cinq variétés de friandises – Marie rit aux éclats de voir son ami le journaliste Robert Poulaine les compter avec grand sérieux – sont présentées au seul M. Millerand, puis lâchées à sa suite alors que les danseurs et danseuses berbères entament leur gracieuse chorégraphie. Avant le départ, la visite du mausolée blanc à toiture verte donne à Marie l'occasion d'engranger un souvenir inoubliable. Le président Millerand fait emplir son chapeau melon de louis d'or et le déverse comme offrande au tombeau du saint. Geste magnifique. Cette fois, c'est le journaliste de *La République française* qui se met au calcul : environ mille francs !

Meknès en vue, 10 avril, déjà ! Les minarets des mosquées, quatorze paraît-il, et les maisons blanches de la ville indigène couvrent une vaste colline cernée d'un vieux rempart crénelé. Après en avoir fait le tour entre deux rangs serrés de juifs et de musulmans mêlés sur les trottoirs des souks, le cortège débouche sur une place immense. Au fond se dresse la porte Bab Mansour, imposante, en marbre coloré de faïences. Un décor idéal pour recevoir les souhaits de bienvenue du pacha. Lassée des discours, Marie s'échappe. Traverse de délicieux jardins, passe sous de vieilles portes, revient pour la fantasia. Après le dîner offert par la ville aux journalistes, grande réception chez le général Poeymirau. Marie n'a jamais rencontré le jovial Béarnais, depuis longtemps collaborateur intime du maréchal Lyautey, qui lui presse les mains avec fougue. Que serait-il devenu, au fin fond du Moyen Atlas, le poumon traversé par un éclat d'obus, si elle n'avait eu un jour cette fabuleuse idée d'aviation sanitaire ? Le maréchal survient. Poeymirau étouffait, il était bleu, mais d'un stoïcisme admirable, se souvient-il avec affection. Je dois la vie à une suite de miracles, commente le général, qui lâche enfin les mains de Marie en lui adressant un sourire empli de gratitude.

Pour loger convenablement le président, il a fallu acheter la maison d'un commerçant italien. Deux cent mille francs, dit-on. Que deviendra ensuite cette habitation ? Ça fait cher la nuit, songe Marie qui tire des plans sur la comète pour continuer à réunir l'argent nécessaire à l'achat de son avion-ambulance.

Le lendemain, lors de la revue des troupes, le maréchal Lyautey explique au président qu'il se trouve sur le front berbère. Les tribus rebelles campent derrière la crête des hauteurs voisines. Trois généraux sont chargés de pacifier la région. Le général Poeymirau agit à l'est contre les Chleuhs et les Beni-M'Guild. Quelle vaillance, cet homme ! admire Marie. Pour tous, et peut-être un peu grâce à elle... il est maintenant le brillant vainqueur d'El Ksiba.

Elle repense à ces instants emplis d'émotion alors que, deux jours plus tard, elle parcourt à dos de mule les rues de Fez. Sur la route de Meknès à Fez, une fois passées les oliveraies de la plaine, le paysage entre mille et deux mille mètres lui a fortement rappelé ses excursions vosgiennes, les sapins en moins. La note africaine était donnée par les hommes et femmes alignés pour voir passer le convoi, en burnous, robes de soie, colliers de verroterie et longs fusils. Les notables de Fez ont posté partout des compagnies de musiciens. Tambourins, clarinettes. Une trompette de cuivre brode sur une note unique. Dans les souks enchanteurs, Marie achète un coussin, une étoffe, un collier. L'occasion d'utiliser, outre le *salam* d'usage, les mots arabes qu'elle a déjà engrangés... Intéressantes, la visite du collège musulman et la traversée du mellah. Ses boutiques, fermées en raison de la Pâque juive, ont été rouvertes spécialement pour le passage du président. Et hier, dans l'après-midi, M. Millerand a souhaité la présence de Marie auprès de lui lors de la visite du camp d'aviation. Elle a eu plaisir à lui expliquer le fonctionnement des avions consacrés au transport des blessés.

Et puis, déjà, c'est la dernière journée marocaine. À Oujda, Marie retrouve avec joie les charmeurs de serpents, les sonneurs de trompes compliquées, écarquille les yeux en observant les dévoreurs de cire enflammée. Mais le plus drôle, c'est le miracle accompli par le président ! À l'entrée de la ville, une douzaine de Nègres tapaient comme des sourds sur des plaques de fer, agitaient des castagnettes, entrechoquaient des armes à dessein de faire jaillir la pluie, absente depuis quarante jours. Un colosse en tunique vert pomme traînait un bélier destiné à être mangé à la fin de la sécheresse. Or, la baraka est descendue sur le président et, à l'instant où passait sa voiture, de grosses gouttes tombèrent… C'est de l'or ! clamaient les indigènes. Pauvre bélier !

Un train de nuit dépose les voyageurs dans Tlemcen l'Algéroise. Visite de quelques mosquées, puis le convoi repart vers Sidi-bel-Abbès, et la journée s'achève à Oran.

Si Marie a éprouvé un immense plaisir à suivre fidèlement les pas du président au Maroc, elle fera parfois cavalier seul en Algérie, colonie française depuis 1830, plus ouverte à ses activités, afin d'y planter des jalons. Il y a dix ans que *L'Écho d'Alger* l'a présentée à ses lecteurs et la suit. *Un rare exemple d'énergie féminine*, titre un autre journal à son propos.

L'accueil des Algériens diffère de celui des Marocains. À Oran, M. Millerand est acclamé en tant que vieux compagnon des luttes républicaines. Fleurs et drapeaux à profusion célèbrent la métropole. À Alger, la musique des zouaves attaque *La Marseillaise* dès que le train présidentiel entre en gare. Vive le président ! Vive Millerand ! Vive la France ! crie en ville la foule bigarrée. Une calèche attelée à la daumont, tirée par six chevaux d'artillerie, amène le président à la préfecture. Lui sont présentés : les commandants des escadres alliées présentes en rade ; les fonctionnaires des facultés en robe ; le clergé violet, noir et tout blanc, aux rudes barbes grises ; le grand rabbin ; les pasteurs ; le prince d'Annam ; les caïds du département d'Alger, drapés de pourpre brodée d'or ; deux muftis administrateurs de communautés musulmanes ; six personnages d'une beauté singulière en manteau rouge sombre, orange, violet, la tête enturbannée de soies brodées, le front et le bas du visage masqués d'un foulard noir qui laisse juste apercevoir des yeux sombres, portant des bracelets d'argent et des sandales dont les semelles de cuir ont la forme et la dimension d'une raquette ; enfin six chefs touaregs venus du fond du désert. L'un d'eux a fait sur son chameau quinze cents kilomètres, de Tamanrasset à Laghouat, et trois jours d'automobile ensuite, de Laghouat à Alger.

À Alger, comme à Blida, Bougie, Sétif, Batna, Biskra, Constantine, Philippeville et Bône, les réceptions fastueuses aux préfectures ou aux hôtels de ville enrichissent le carnet d'adresses de Marie. Partout où elle passe, ses exploits, son attention aux autres et sa curiosité attirent la sympathie.

Dans le train du 27 avril qui emporte le président et sa suite vers la Tunisie, Marie et ses confrères évoquent la somptueuse diffa qui leur a été offerte à Biskra. Pruneaux cuits dans le miel. Chamelon, mouflon de l'Aurès et agneau rôtis, servis entiers sur des plats de cuivre. Sans parler des mille friandises, des tapis et des danseuses.

Quant à la Tunisie, protectorat français depuis quarante ans, elle n'a rien négligé non plus pour accueillir l'auguste visiteur. Le bey Son Altesse Mohamed el-Naceur ben Mohamed el-Husseini, bien que déjà courbé par l'âge, attend sur le quai en grand apparat, entouré de la garde beylicale. L'écharpe de la Légion d'honneur tranche sur son habit couvert de broderies d'or et de décorations. Trois plaques d'or ceignent son fez rouge. À sa main, un grand cimeterre brille d'une carapace de pierres précieuses. M. Millerand lui rend visite à 15 heures. Tout au long du parcours suivi par le cortège présidentiel, une haie de zouaves et de Sénégalais maintient des milliers d'indigènes musulmans et juifs coiffés du fez et du turban.

À Tunis, les femmes se cachent derrière leur moucharabieh. Mais dans les petits villages de l'oasis de Gabès, dévoilées, elles arborent des robes chatoyantes, des bracelets et des colliers massifs, des boucles d'oreilles plates de la taille du poing. Le sirocco torride, avec une température de cinquante et un degrés à l'ombre, très difficile à supporter – que les messieurs se plaignent ! – est heureusement suivi d'une brise rafraîchissante. M. Millerand découvre avec fierté l'immensité vert argenté des oliviers plantés il y a quinze ans sur une lande désolée. Ensuite c'est Djerba, l'île enchanteresse malgré le déferlement des moustiques et le bruit de canonnade qui provient de Tripolitaine, tout embaumée de citron et de jasmin. À la synagogue La Ghriba, riche d'ornements d'argent ciselé, de bibles anciennes serrées dans des coffrets de bois précieux, les Israélites reçoivent le président en grande cérémonie. Kairouan. Sousse. Marie photographie à tour de bras… Enfin Bizerte, où le président Millerand et les journalistes embarquent le 3 mai 1922 pour la Corse.

Mais Marie, elle, reste en Afrique !

Et elle y reste jusqu'au mois d'août 1926! Presque quatre années…

Assaillie par les journalistes dès son retour à Paris, puis à Nancy, la *femme comme il n'y a pas d'homme*, selon Armand Rio qui le clame dans *Lectures pour tous*, raconte son périple avec fougue, faisant les questions et les réponses à elle seule. Elle a le teint hâlé par le vent et le soleil. Des reflets dorés éclairent ses cheveux coupés court.

Oui, je reviens de voyage, déclare-t-elle aujourd'hui à Achille Liégeois, de *L'Est Républicain*. Cinquante-deux mois d'absence… Juste le temps qu'a duré la guerre. Mon projet, c'était d'étudier l'Afrique du Nord depuis l'extrême sud marocain jusqu'aux confins de l'Égypte et, par la même occasion, de faire des conférences sur l'aéronautique dans tous les centres où je m'arrêterais. Dans les cercles civils et militaires, dans les chambres de commerce. Plus de quatre cents, sans aide ni subvention. Aux adultes et aux enfants! J'ai connu tous les moyens de locomotion, sans oublier les méharis, et toutes les températures. J'ai visité les grands et petits bleds algériens. Au Maroc, j'ai fait trois fois le voyage d'Oujda à Mazagan. J'ai vu les instituts agricoles, les manufactures, les industries, les hôpitaux, les mines, les chasses et les pêches. Et toutes les ruines antiques! J'ai séjourné dans les milieux indigènes pour y étudier l'artisanat, les mœurs, les costumes et les danses. Ah, j'en ai vu des pays… Tenez, en 1923, j'ai été la première Européenne à entrer à In-Salah…

L'un des meilleurs de la profession, Achille Liégeois n'ignore pas, qu'en décembre 1922, quatre autochenilles, construites pour l'occasion par M. André Citroën, surmontées soit d'une mitrailleuse soit d'un projecteur très puissant, sont parties pour un raid de plus de trois mille kilomètres en plein désert ! De Touggourt, en Algérie, à Tombouctou, au Soudan français. Un sacré pari ! Source de profits militaires, commerciaux, industriels, nationaux. Après avoir atteint victorieusement Tombouctou, les autochenilles sont retournées vers Touggourt. À Paris, M. André Citroën a alors décidé de partir au-devant de la mission, dans d'autres autochenilles, et de faire la jonction avec elle à In-Salah, ville d'Algérie située au cœur du Sahara. *Mme André Citroën,* révéla *Le Petit Parisien, a courageusement accepté d'affronter le désert, ses privations et ses dangers, pour suivre son mari...*

Est-ce cette phrase qui a piqué Marie ? Après avoir donné une conférence très applaudie à Bougie début janvier, elle avait rejoint Biskra où allait se tenir le premier meeting de vol à voile. Survoler sans moteur une oasis d'orangers et de grenadiers, qui n'en rêverait pas ? Elle l'avait fait ! Et là, à Biskra, elle était tombée sur l'ami Henry Thétard, le journaliste du *Petit Parisien,* aussi passionné qu'elle de cirques et de zoos ! Or, dans sa Fiat à pneus jumelés, il avait accompagné la mission Citroën de Touggourt à In-Salah, et il se proposait de recommencer pour aller, ainsi que M. et Mme Citroën, à la rencontre des vaillants conducteurs du raid. Ni une ni deux, Marie avait pris le volant...

... oui, la première Européenne à faire le trajet et à entrer à In-Salah, avant même Mme Citroën. Cinq semaines dans les sables, par des nuits glaciales. Il fallait rivaliser de vitesse avec ce qu'on appelait la 2e mission Citroën. Notre méchante petite Fiat luttait contre leurs autochenilles. Et voilà qu'un individu malintentionné – mais qui ? – abat les poteaux télégraphiques sur notre chemin. Un électricien faisait partie de notre convoi, il rétablit en hâte les communications, et nous pouvons renseigner Paris ! Nous arrivons un beau matin à In-Salah. Victoire ! La 2e mission Citroën n'y parvient que le soir… Ah, que j'étais contente !

Le journaliste interroge alors Marie sur ses records et ses hobbies. Alpinisme, cyclisme, escrime, aviron, aviation, automobilisme, gymnastique et jeux, natation, marche, tir, sports d'hiver, sciences, arts, littérature, langues, espéranto. Sans souffler, Marvingt embraye : Il y a une invention que je revendique et dont je ne veux point être frustrée, l'avion sanitaire ! Oui, l'idée est de moi, de moi seule… Ce qu'il m'a fallu entreprendre de démarches ! Le succès est venu. Pas sans peine, allez ! Je songe avec un brin d'orgueil que j'ai sauvé bien des existences humaines… Le colonel Girod, blessé à Taza, était deux heures après sur la table d'opération. À dos de mulet, en suivant les pistes, le transport aurait exigé neuf ou dix heures, et le colonel Girod était perdu…

Le gouvernement lui doit une décoration, observe M. Liégeois. Elle rit.

Je porte le ruban du Nicham-Iftikar, et je possède des titres véritablement exceptionnels. Lisez, dit-elle en lui tendant une liasse de diplômes. Il la feuillette avec stupéfaction. La Vieille Branche déléguée au Rameau d'Or, et Le Tronc Séculaire ont honoré l'intrépide voyageuse. La

Tarentule du Tidikelt lui a décerné son insigne. Le Royal Kranfouss l'a promue officier de l'ordre de la Blatte. C'est l'attestation, souligne-t-elle, que je suis restée au milieu de ces braves gens qui gardent le sourire et montrent presque autant d'esprit qu'à Montmartre. On ne s'ennuie guère… Tenez ! voici des photographies…

Elles défilent par douzaines. Oasis assoupies à l'ombre chaude des palmiers. Méharis dont la silhouette se découpe sur l'horizon infini du désert. Puits où s'abreuvent de longues caravanes. Groupes d'hommes et de femmes. Danses. Ruines romaines. Préparation du couscous. Fantasias, noubas, diffas. Mlle Marvingt en divers costumes locaux, en scaphandrier, posant aux côtés de généraux, gouverneurs, personnalités officielles, chefs de tribus. Et la voici, à Bougie, lançant un défi mondial pour l'ensemble de ses activités – sports, arts, prix, décorations, inventions, sciences, voyages, études, littérature. Elle l'a lancé plusieurs fois, ce défi… La presse et la radio l'ont annoncé. Personne ne l'a relevé. Tenez, le voilà ! Ah, s'étonne le journaliste en parcourant des yeux le long texte qu'elle lui a tendu, vous avez été à Nancy l'élève du professeur Hippolyte Bernheim ?

Parfaitement ! Il en découle que j'ai fait en Afrique quantité de conférences sur l'aviation, bien sûr, mais aussi sur les connaissances psychiques. Graphologie, chiromancie, physiognomonie, psychométrie, phrénologie. Le chroniqueur la regarde avec des yeux ronds, qui s'écarquilleraient plus encore s'ils le pouvaient, lorsqu'elle évoque ses nombreuses prédictions avérées, sa science de l'occultisme, du spiritisme, du magnétisme, de l'hypnotisme !

Le tournis s'empare du pauvre homme, cependant loin d'avoir épuisé la liste de ses questions. Et la Tripolitaine ? murmure-t-il faiblement. Il n'ose pas réclamer un verre d'eau à Mlle Marvingt, qui semble toujours aussi fraîche. Un vrai chameau, cette femme !

Ah ! c'était en septembre 1923. L'Italie visait à reprendre le contrôle complet du territoire libyen, en Tripolitaine comme en Cyrénaïque agitées par des rebelles. Je me suis rendue sur le front et j'ai été reçue par le commissaire du gouvernement Son Excellence Concellieri…

Liégeois n'a jamais entendu prononcer ce nom, mais Marvingt en parle avec tant d'emphase qu'il faut sûrement le citer ! Concellieri ou Cancellieri ? Bref.

… qui a offert en mon honneur un banquet réunissant toutes les autorités. Je me suis ensuite rendue à Tripoli, par des oasis de quatre-vingts kilomètres de long. Puis l'autorisation du comte Volpi, gouverneur de la Tripolitaine, m'a facilité l'accès à la Cyrénaïque. J'ai pu circuler librement. Vous auriez vu l'accueil empressé de Son Excellence le général Bongiovanni ! Le gouverneur de la Cyrénaïque, relève le journaliste pour montrer qu'il en connaît un bout sur la question… Les Italiens ont été pour moi d'une exquise politesse, d'une complaisance extrêmement dévouée… Ensuite j'ai traversé la Marmarique, aux confins de l'Égypte, dont vous savez sans doute que cette région très aride est surtout composée d'oasis, et je suis allée attraper l'avion à Tobrouk. Lors de la reprise par les Italiens de Misrata, en février 1923, j'ai été assistante en chirurgie dans une formation sanitaire.

À propos, et vous-même, jamais malade? interroge Liégeois avec un espoir sournois, vite déçu. Non, jamais. Tous les plats me conviennent aussi bien que la potée lorraine. Ah, un jour où la soif me desséchait la gorge, j'ai vidé d'un trait une gourde d'eau croupie. La fiancée du danger avait accepté à l'avance de payer cher cette imprudence. Rien, pas la moindre fièvre! J'avoue que j'ai de la chance. J'ai soigné des indigènes de la variole et du typhus…

Elle retourne à sa pile de photographies. Tenez, voici Lord Plummer, le gouverneur de Malte. C'était en janvier 1924. Il m'a offert l'hospitalité dans son palais, m'a présentée à une élite de savants avec lesquels je continue de travailler. Ils m'ont fait connaître l'histoire et les mœurs du pays. Après Malte, la Sicile… Imaginez-vous que j'ai échappé miraculeusement à la tempête qui a englouti le *Dixmude*…

Le journaliste hoche la tête. Il a lui-même rédigé les articles concernant ce zeppelin livré par l'Allemagne à la France à titre de dommages de guerre, un dirigeable de la marine pris dans un orage entre la Sicile et la Tunisie alors qu'il s'apprêtait à tenter une croisière au-dessus du Sahara. Et il écoute avec grand intérêt le récit de Marvingt, présente à Naples aux obsèques de son ami Jean du Plessis, commandant du *Dixmude.* Quelle conteuse, cette femme! Il s'y croit… Mais elle est déjà repartie ailleurs.

J'aime beaucoup la Sicile. Il faut dire qu'à Palerme, le gouverneur Basso m'a témoigné une sollicitude particulièrement bienveillante… Puis je suis retournée au Maroc. J'ai survolé le Rif pendant le dur combat qu'Abd el-Krim livrait aux troupes espagnoles et françaises. Tenez, voici la photo de la maison d'Abd-el-Krim ! Vous voyez les traces de bombardements ? Honnêtement, je suis la seule femme qui ait entrepris des raids pareils. J'ai suivi de Sousse à Agadir des pistes presque inaccessibles. Cinquante-deux mois, cinquante-six mille cent quarante-quatre kilomètres… Votre meilleur souvenir ? demande Liégeois, soudain saisi d'une crampe à la main droite… Que de jolies choses ! Du Maroc à l'Érythrée, les gorges du Rummel, le M'Zab, le massif du Djilelli, la région des ruines de Tizi-Ouzou à Alger, Bou-Saada où je suis arrivée avec le raid des six-roues Renault, les îles Canaries, Marrakech, Kenitra, l'exploration du Moyen Atlas avec le capitaine Gillot, le puits d'Inifel, la fête de l'Eau, le voyage présidentiel avec M. Millerand… Autant de souvenirs qui affluent sans ordre chronologique, une multitude de spectacles merveilleux comme il y en a dans les contes des *Mille et une Nuits*. D'ailleurs, je vais les rassembler pour nourrir les nombreuses conférences qui me sont demandées en France… Les donnerez-vous ? interroge le journaliste en refermant son carnet. Mais bien sûr, avec grand plaisir ! Si vous n'avez pas fait votre malle pour les Indes, grommelle-t-il.

ISTANBUL, 17 AOÛT 1930

À l'hôpital français d'Istanbul, une femme au teint blême, au visage creusé, aux lèvres sèches, halète entre des draps trempés de sueur. Elle manque d'air. Elle étouffe. Un carcan lui serre le thorax. Son corps est pétri de douleurs. Chaque mouvement lui coûte. Elle ne tient pas debout. Ses tempes bourdonnent comme un essaim d'abeilles. La mine sombre du docteur français, des médecins turcs et des sœurs de Saint-Vincent-de-Paul qui l'entourent de soins en dit long sur la gravité de son cas.

Cette femme, c'est Mlle Marvingt. Elle essaie de comprendre ce qui lui arrive. Sa science médicale lui permet de saisir qu'elle est très atteinte. Maladie respiratoire, a diagnostiqué le docteur Gassin. Cependant d'autres symptômes, et une agitation constante, laissent envisager une cause supplémentaire. Mais laquelle ? Labourée, laminée, entend constamment Marie en elle-même. Labourée, laminée. Sans trêve. Comme un vieux disque rayé.

Parfois la douleur s'estompe pour quelques minutes. Lui reviennent alors par bribes les épisodes de cette dernière année.

La déléguée de la Ligne aéronautique a quitté Nancy au mois de février pour une tournée de propagande dans le Midi. Monaco d'abord. Son amitié avec le docteur Louet, médecin de SAS le Prince Souverain et de son *petit Rainier* s'est resserrée. Il a été très impressionné d'apprendre qu'elle était la créatrice de l'aviation sanitaire. Elle lui a envoyé la carte postale qui la représente dans les dunes, en short blanc et chaussures montantes, sur ses skis métalliques. Ce modèle de skis, elle l'a inventé à la recherche d'un moyen d'atterrissage pour ses avions-ambulances sur les sables du Sahara. Ensuite, elle a fondé une école de ski sur sable au Maroc.

Aïe, des contractions lui coupent le souffle! Laminée, labourée, entend-elle encore. En boucle.

De Monaco, elle a filé vers Menton, puis vers d'autres lieux dont les noms échappent à sa mémoire chancelante, enfin Marseille et Tunis. Des conférences partout. Et soudain, au mois de mai, un sentiment étrange: pas envie de regagner la France. Pourquoi? Elle l'ignorait. Ayant lu que les fêtes de Delphes seraient particulièrement grandioses cette année en raison du centenaire de l'indépendance hellénique, Marie s'est alors rendue en Grèce. Là-bas elle a assisté, enchantée, à une représentation du *Prométhée enchaîné* d'Eschyle, à des jeux dans le stade, à des spectacles de chants et danses populaires. Pour son plaisir d'aviatrice, elle a survolé l'Acropole et le mont Athos, les monastères nichés dans les replis ou perchés sur les falaises des Météores. Et, cerise sur le gâteau, les autorités françaises lui programmèrent une quinzaine de causeries.

Il fait une chaleur lourde, suffocante, qui ajoute aux douleurs de Marie. Des orages passent sans éclater… L'infirmière frappe, apporte un paquet joliment enrubanné. Le comte de Chambrun, ambassadeur de France à Ankara, lui envoie de la confiture de roses. Quelle attention charmante ! Comme Marie peine à avaler la moindre nourriture, la sœur l'incite à en goûter une petite cuillerée, mais l'odeur seule, pourtant délicate, l'écœure aujourd'hui. Rien ne sert de penser que Félix, son cher papa, aurait sûrement aimé cette confiture.

Partout, elle s'efforça de faire connaître ce qu'était et où en était l'aviation sanitaire. L'hydraviation sanitaire pouvait rendre les plus grands services aux habitants des îles grecques, assistées médicalement une fois par mois seulement, lors de la venue d'un caboteur. C'est à la suite de ses interventions que le Premier ministre M. Venizelos et son épouse ont constitué un comité hellénique d'aviation sanitaire insulaire. Une victoire qui amène un sourire sur ses lèvres desséchées.

Elle se souvient de l'enthousiasme des auditeurs. Chez les frères maristes de Patinia. Chez les sœurs de Saint-Joseph-de-l'Apparition. À l'Alliance franco-hellénique et à l'Alliance française. Au théâtre municipal du Pirée. De retour à Athènes le jour suivant, elle se produisait à l'école allemande, au Lyceum et à l'Institut Giffard. En juin, ce fut en plein air à Milies, puis à Volos, ensuite à Salonique. Elle fit sensation dans cette ville devant une assemblée présidée par le gouverneur de la Macédoine. Pour la première fois, une femme s'exprimait en public. Elle variait les sujets. Au camp d'aviation de Sedès, près de Salonique, devant les officiers, les élèves et les médecins de la ville, elle parla du vol à voile, interdit là-bas, et de l'hydraviation sanitaire. Le 2 juin, elle discourait à Kavala. La date est gravée dans son esprit, car c'est là que le mal la frappa pour la première fois. Elle resta une nuit à l'hôpital où l'avaient amenée dans leur voiture l'agent consulaire de France et son épouse. N'ayant pas l'habitude de s'écouter, elle se remit en route pour Dédéagatch, en Thrace. La conférence, où elle tint à donner le meilleur d'elle-même, l'exténua. Elle retrouva des forces à Istanbul, début août, pour une causerie présidée par Fehmy bey, président de la Ligue aéronautique turque, et le colonel Scarron, attaché militaire à l'ambassade de France. Trois jours plus tard, ce fut en présence du comte de Chambrun. Il y eut enfin cette séance devant l'Association des femmes turques à Istanbul où, à peine eut-elle terminé son discours qu'elle éprouva des symptômes violents et perdit conscience pendant quelques secondes. On la transporta d'urgence ici, à l'hôpital français.

Que se passe-t-il, Marie ? Toi, la fiancée du danger, la reine de l'air, l'amazone du ciel, la fameuse ballonniste, l'infatigable globe-trotteuse, la hardie sportswoman, la femme comme il n'y a pas d'homme, l'impératrice des sports, la demoiselle sans peur, l'éternelle curieuse ! N'as-tu donc plus goût à rien ?

Elle sent confusément naître un lien entre son discours lors de la grande réception à l'Association des femmes turques et sa suffocation, mais lequel ? Vite, ma sœur, je vous prie ! J'étouffe, j'étouffe... Quelle gêne l'empêche de respirer ? Elle cherche l'air désespérément tandis que sœur Lucie appelle le docteur, qui lui fait aussitôt une piqûre. Calmée, Marie voudrait trouver le sommeil. Il s'échappe encore...

Certaines de ces femmes étaient voilées, selon l'exigence de leurs époux, d'autres portaient une simple mantille. Le simple fait d'adhérer à une association féminine les désignait comme émancipées. Marie les félicita de leur récente victoire. Au mois de décembre 1929, les femmes turques ont en effet obtenu le droit de vote aux élections municipales. En France, on est loin de vouloir réparer cette injustice fondamentale. Une ineptie, comme le faisaient remarquer publiquement plusieurs femmes de tête, dont la duchesse d'Uzès, qui sut dire quelques vérités au Sénat. *Vous considérez les femmes comme des êtres subalternes à qui on enlève tous les droits, mais à qui on inflige tous les devoirs. Propriétaire foncière, je paie les impôts de mes fermiers, mais ce sont eux qui votent !* Et en Angleterre, de quelles horreurs n'a-t-on pas accablé les suffragettes, ainsi nommées parce qu'elles réclamaient le suffrage des femmes ! Elles ont été moquées, condamnées à l'amende, emprisonnées, attaquées. Y compris par des femmes élevées dans la soumission qui leur criaient : Restons femmes ! Tout cela parce qu'elles voulaient pouvoir circuler librement et exprimer leur opinion dans les affaires publiques. Elles ont cependant eu gain de cause en 1918.

Marie humecte un mouchoir d'eau de Cologne et l'applique sur son front trempé de sueur. Son impuissance l'accable. Lui revient en mémoire une phrase de Stendhal :

L'admission des femmes à l'égalité parfaite serait la marque la plus sûre de la civilisation et elle doublerait les forces intellectuelles du genre humain. Les hommes refusent cependant de le comprendre. La somme des exploits de Mlle Marvingt ne les interpelle même pas. Elle se porte *garant* des femmes, mais on ne l'écoute pas. Ils veulent par-dessus tout garder le pouvoir, cantonner leur épouse à la maison pour qu'elle régisse leur intendance, les soigne et leur donne des héritiers pendant qu'ils mènent joyeuse vie.

Vivement le crépuscule, que Marie puisse demander l'ouverture de la fenêtre et happer un peu d'air frais !

Devant l'auditoire des dames turques, elle a improvisé une causerie sur l'aviation et les femmes. Qui lui revient entièrement en mémoire : L'époque est bien lointaine où nous comptions à peine cinq ou six aviatrices au monde car, en 1909, aucun autre pays que la France ne possédait de femme-oiseau. Nous avons fait souche et, à ma connaissance, plus de six cents femmes au monde ont été brevetées pilotes-aviatrices. Le vol à voile, dont j'ai été l'un des précurseurs, tente aussi les femmes. Elles détiennent plusieurs records, dont celui de durée, dans sa catégorie, par la sympathique Maryse Bastié, avec trente-sept heures cinquante-cinq minutes de vol, seule à bord ! Et de citer les meilleures, nombre d'Américaines parmi elles. Pour celles qui s'adonnent à l'acrobatie, leur cran et leur maîtrise ne le cèdent en rien aux plus grands as masculins. Leur compétence a permis à certaines de diriger une école d'aviation près de New York, ou un aéroport en Californie. Elles sont *policewomen* aériennes ou brillantes instructrices, soutint Marie en se souvenant qu'elle-même avait eu la joie de donner les premières leçons de pilotage à de nombreux camarades. Elle ne s'est pas privée de citer des exemples et des noms… américains. Toutes les ailes sont ouvertes aux femmes… sauf en France, a-t-elle insisté.

Sœur Lucie entre dans la chambre pour prendre la température de la malade. Beaucoup trop élevée, Mlle Marvingt ! déclare-t-elle avec sévérité. Peut-être ne dormez-vous pas assez. Il faut mieux vous reposer, dans votre état. Et cessez de vous agiter. Plus vous vous agiterez, plus vous aurez chaud.

Marie aurait prodigué ce conseil à toute personne dans sa situation, mais la sarabande des pensées continue à la harceler.

Un domaine aérien qui doit devenir par excellence celui des aviatrices du monde entier, a-t-elle poursuivi, est celui de l'aviation sanitaire. Dès 1910, à côté de l'avion de combat, j'ai envisagé l'avion de salut. Ayant fait des études de médecine à la faculté de Nancy, enseignée par les plus brillants professeurs, j'ai dès cette époque songé à la possibilité du transport aérien des blessés. Lors du Salon de l'aviation, j'ai exposé une aquarelle représentant mon premier projet de monoplan sanitaire, muni d'une civière spéciale hermétique qui s'adaptait sous le fuselage. Quel scepticisme n'ai-je pas rencontré en ce temps ! Sans me lasser, je n'ai cependant jamais cessé de travailler à cette grande cause qui maintenant porte ses fruits.

Comment les femmes pourraient-elles s'impliquer dans ce processus ? a alors questionné la présidente Latifé Bekir.

La réponse a jailli d'un trait. Nous avons d'admirables femmes médecins et chirurgiens, des infirmières très compétentes et dévouées. La Conférence internationale d'aviation, réunie à Londres en 1927, a décidé d'admettre les femmes comme pilotes d'avions de passagers. Celles qui remplissent cette fonction donnent complète satisfaction. Dites-moi donc pourquoi les femmes, qui ont fait leurs preuves comme pilotes, ne seraient-elles pas admises au service de transports sanitaires aériens… lorsqu'ils seront bien organisés, tout au moins d'abord comme infirmières ou convoyeuses des malades ou des blessés ? Certaines Croix-Rouges ont créé des cours à l'intention de ces infirmières de l'air, mais la France ne suit hélas pas l'exemple.

Marie humecte à nouveau son front d'eau de Cologne. Sa chemise est trempée de sueur. Jamais, de sa vie, elle ne s'est sentie aussi mal. Toute énergie semble l'avoir abandonnée. Seul vit, dans son esprit, le souvenir tenace de sa prestation devant les dames turques suspendues à son discours.

Au premier Congrès international de l'aviation sanitaire, en mai 1929, a-t-elle poursuivi, j'ai proposé d'émettre un vœu pour que les femmes soient admises au service de l'aviation sanitaire… À cet instant, les idées se brouillent dans l'esprit de Marie allongée sur son lit. C'est en prononçant ces mots, lui semble-t-il, qu'elle a éprouvé une douleur sidérante. Et voici que la même douleur revient la harceler ici, à cet instant, sur son lit… Oui, elle était revenue exprès du Maroc à Paris, en quinze heures de vol, pour assister au congrès si essentiel à ses yeux. Elle avait en effet participé à sa conception en tant que membre de la commission exécutive. Ces assises provoquèrent un tel enthousiasme – quarante et une nations se firent représenter – que leurs concepteurs décidèrent, sur l'idée de M. Robert Charlet, de créer une association des Amis de l'aviation sanitaire. Ils se réunirent dans un bureau. S'accordèrent pour proposer la présidence d'honneur aux ministres de l'Air, de la Guerre, de la Marine. Puis votèrent pour la présidence de l'association. Et soudain, Marie comprend ce qui la laboure et la mine… Il lui paraissait normal, mère de l'aviation sanitaire, d'être élue présidente. Elle a aussitôt proposé sa candidature. D'autres candidats ? questionna le doyen de séance. Le docteur Chassaing, qui en tant que député avait un accès facile aux plus hautes autorités, leva la main. Et emporta le duel. Marie fut nommée à l'une des deux vice-présidences.

Le docteur Eugène Chassaing, sénateur du Puy-de-Dôme après avoir été député, est intègre, énergique. Il a été le premier à mettre en pratique l'idée de Marie. C'était en 1917. Alors sous les drapeaux, il obtint l'aide de l'armée pour équiper deux avions de guerre en version sanitaire. Des milliers de victimes furent ainsi sauvées. Et il devint pour tous le *père de l'aviation sanitaire*. On ne peut pas le lui reprocher. Il n'en est pas responsable, il a juste laissé faire. Mais le vrai père, c'est moi ! clame Marie à voix haute, luttant contre un sanglot.

L'aviation sanitaire est son enfant, à elle seule, et il a fallu qu'elle en cède la paternité. Parce qu'elle est une femme. Parce que les hommes refusent de reconnaître l'amplitude de la femme. Parce qu'elle n'a rien pu faire pour s'imposer dans cette réunion à dominance masculine. Cette préséance qu'ils refusaient de lui reconnaître, ils s'en sont emparés.

Une femme présidente, et puis quoi encore ? lisait-elle dans leurs regards butés.

C'en est-il fini de Marie ?

Non, elle reprend le dessus. Grâce à son énergie et à sa bonne constitution. Aidée aussi par les femmes-médecins turques qui lui réclament une conférence, par les femmes de lettres qui lui demandent de longues interviews à publier dans des revues mensuelles. À peine debout, elle poursuit son voyage et sa mission. Le 13 septembre, elle discourt à Ankara. Puis sur le bateau *Izmir* qui la ramène de Rhodes à Smyrne, où l'attendent plusieurs séances. Le mois d'octobre la voit à Patras, Missolonghi, Sparte, Nauplie. Athènes encore.

Le bateau du retour la débarque le 24 novembre à Marseille. Là, elle est attendue par les élèves de la faculté des sciences, des lycées de garçons, des grandes écoles de jeunes filles. Elle quitte la salle de conférences pour se jeter dans le train de Paris de façon à être présente le lendemain à la première réunion des Amis de l'aviation sanitaire.

Félicitons Mlle Marvingt et félicitons-nous de sa complète guérison, écrit la *Revue aéronautique de France. Nous l'avons vue, il y a quelques jours, aussi alerte, aussi solide, aussi jeune que jamais.*

Un pavé dans la mare de certains journalistes, goujats, qui la désignent à présent par les termes d'ancienne aviatrice, de doyenne des aviatrices, d'aviatrice d'avant-guerre, etc. Marvingt a 55 ans. Elle n'a pas poussé son dernier soupir et, une fois de plus, elle n'a pas dit son dernier mot. Elle dansera encore le tango et le boléro.

PARIS, 6 MAI 1931

En ce début d'après-midi ventilé par une brise douce, la voiture du président de la République Gaston Doumergue file vers le bois de Vincennes. À ses côtés, se tient l'illustre maréchal Hubert Lyautey, façon d'indiquer publiquement la reconnaissance de la République envers son ancien résident général au Maroc, aujourd'hui commissaire de l'Exposition coloniale qui va être inaugurée dans quelques instants.

Après cent un coups de canon tirés du polygone de Vincennes, le président en habit, poitrine barrée du grand cordon de la Légion d'honneur, passe en revue les troupes coloniales puis, à bord d'une limousine ouverte escortée de spahis aux couleurs éclatantes et de policiers en pèlerine et à vélo, prend la route de ceinture du lac. Le cortège ralentit devant les principaux pavillons où des troupes indigènes présentent les armes, s'arrête un moment devant la reconstitution du temple d'Angkor. En une demi-heure, le président et sa suite accomplissent un prestigieux tour du monde.

De son côté, Marie a retrouvé quantité d'amis dans la grande salle des fêtes du musée des Colonies, où une foule élégante attend la cérémonie d'inauguration.

Dans son discours, le maréchal Lyautey définit l'esprit de l'action coloniale française, loue la prodigieuse activité de l'empire d'outre-mer, son incomparable développement, ses richesses présentes et les perspectives ouvertes. Des paroles familières aux oreilles de Marie, qui a passé de nombreuses heures ces dernières années en compagnie du maréchal, et parfois de la maréchale, installés à présent dans leur château de Thorey, en Lorraine. Marie illustre avec force détails le point de vue de Lyautey dans les conférences hautement appréciées qu'elle ne cesse de donner, avec un grand souci du pittoresque. Le public adore l'entendre décrire le Maroc merveilleux et sauvage, les cités modernes bâties tout contre les villes indigènes, l'extérieur pauvre des maisons arabes qui abritent des intérieurs splendides, le couscous et le méchoui qu'on déguste avec les doigts, les mille détails de la vie quotidienne, l'amour de la femme musulmane pour ses enfants, les ressources de la chasse et de la pêche, des industries et des mines, la splendeur des oasis. À Nancy, sûre de son effet, elle décrit aussi la réception chaleureuse à Marrakech du peintre nancéien Jacques Majorelle, fils de Louis Majorelle, ébéniste et décorateur qui contribua à l'essor du mouvement Art nouveau de l'école de Nancy. C'est Lyautey qui l'a fait venir au Maroc, en compagnie de nombreux autres artistes.

Le soir, à l'Exposition coloniale, le maréchal offre une fête pour sept mille cinq cents invités. Noirs d'Afrique, athlètes de l'école de Joinville, danseuses des Indes, ballerines de l'Opéra se succèdent sur la scène. L'atmosphère est involontairement pimentée par une haie de Noirs en petit caleçon trop sensibles au charme des danseuses qui évoluent sous leur nez.

Débute ensuite pour Marie une longue période parisienne, entrecoupée de brefs retours à Nancy, pendant laquelle elle loge chez une amie, au 52, rue des Martyrs. Un profond changement s'est fait jour dans son esprit.

Il était enfantin d'imaginer qu'elle parviendrait à faire réaliser l'avion-ambulance qu'elle souhaitait baptiser *Capitaine-Echeman*. Trop d'obstacles se dressent sur son chemin. Il lui faut donc trouver une autre destination pour l'argent récolté…

Le 26 juillet s'ouvrent, dans le sillage de l'exposition, les Journées d'aviation sanitaire coloniale que Marie a largement contribué à organiser avec les Amis de l'aviation sanitaire. C'est là qu'elle s'apprête à présenter son Challenge Capitaine-Echeman. Il gratifiera le meilleur dispositif permettant de transformer un avion ou un hydravion en appareil sanitaire ! Avouez qu'il fallait y penser.

Savoir penser, c'est justement l'une des grandes qualités de Marie. Elle pense droit, elle utilise un bon sens naturel dont paraissent dépourvus nombre de ses collègues masculins. Et pour cela, elle se laisse simplement guider par son intuition féminine.

Lorsque *L'Aérophile* lui demandera son sentiment après la tenue des Journées, elle n'ira pas par quatre chemins : *Le rapport du capitaine Henry Michel a été des plus complets, des mieux documentés de tous ceux que j'ai entendus. Mais j'aurais voulu qu'il y ait un rapport sur les impressions personnelles, les observations, les déductions d'un pilote d'avion sanitaire… J'aurais voulu entendre l'attestation de nombreux sujets compétents… J'aurais aimé entendre des pilotes et des blessés transportés en sanitaire.* Pour finir, elle s'autorise une suggestion : *A-t-on traité la question de visibilité du terrain pour le pilote au moment de l'atterrissage ? Le pilote sent venir le terrain, mais ne le voit pas. Pourquoi ne pas pratiquer une fenêtre dans le fuselage ?* Cela permettrait de mieux maîtriser ces ennemis que sont notamment les saisons pluvieuses et la végétation luxuriante.

Arrive enfin le 30 juillet, un grand jour pour Marie ! Elle exulte. Orly est en effet le théâtre d'une présentation en vol d'avions et de leurs dispositifs sanitaires en vue de remporter le Challenge Capitaine-Echeman. De hautes personnalités sont accourues. Un jury trié sur le volet examine les productions de nombreux concurrents. Résultat dans quelques jours. La lutte est serrée. La séance se termine par une démonstration de la motocyclette-brancard de M. Nemirovski, ingénieur et secrétaire général des Amis de l'aviation sanitaire, commissaire des Journées.

Le vrai jour de gloire, c'est le 7 octobre, à l'occasion d'une réception donnée dans la grande salle des fêtes de l'Aéro-Club de France en l'honneur du maréchal Lyautey et des membres du Congrès national d'aéronautique coloniale qui se tient alors.

Marie se rend à la cérémonie en élégant tailleur à col de fourrure et toque de loutre. Bientôt, elle voit arriver son grand ami le maréchal ! Mais aussi M. Étienne Riché, sous-secrétaire d'État à l'Air ; une brochette de présidents et vice-présidents ; des généraux, dont le général Philippe Féquant, le filleul d'aviation auquel elle a donné ses premières leçons de pilotage ; MM. Bréguet, Blériot, Potez ; son vieux copain Labouchère, et tant d'autres…

En l'absence du docteur Chassaing, retenu à Bucarest par un congrès, c'est Charles-Louis Julliot, à l'égal de Marie vice-président des Amis de l'aviation sanitaire, que revient l'honneur de proclamer la décision du jury. La Coupe Capitaine-Echeman, sculptée par Jules Déchin et fondue par Susse frères, reproduit l'affiche d'Émile Friant qui représente l'infirmière aviatrice prodiguant ses soins au pied de l'avion-ambulance, aux côtés d'un médecin-major. Elle est superbe ! Cette coupe unique récompense ex æquo MM. Potez et Bréguet, pour le Potez 40 et le Bréguet 28. Il faudra toutefois remporter le challenge trois années de suite pour en devenir le détenteur définitif…

Charles-Louis Julliot est un juriste éminent. Ses prestations à diverses conventions ont été fortement appréciées. Il prépare un ouvrage très technique sur *L'Aviation sanitaire devant la XIVe conférence internationale de la Croix-Rouge.* Aussi ne s'attendait-on guère à un discours si sensible et chaleureux de sa part. Il loue l'initiative de Marie, puis la qualité des travaux du jury, et alors elle l'entend s'écrier : 1911 ! Nous sommes en 1931 ; l'activité de Mlle Marvingt dans le domaine de l'aviation sanitaire remonte donc à la bagatelle de vingt années. Je n'y suis venu, moi-même, que l'année suivante, en 1912. Permettez-moi, Mademoiselle, de m'incliner très bas devant ma devancière. Il récapitule ensuite avec enthousiasme les lauriers divers de Mlle Marvingt, ses *brillants états de service.* La félicite d'avoir placé le challenge sous le parrainage du capitaine Echeman, grand soldat, grand aviateur, l'une des plus belles figures de l'aviation en sa période héroïque.

Bonne fée, s'écrie enfin Julliot, laissez-moi vous remercier au nom des Amis de l'aviation sanitaire, pour le geste auguste et d'une si haute portée que vous venez d'accomplir en créant ce challenge… Un hommage auquel le maréchal Lyautey ajoute un bel éloge de sa chère amie.

Ce soir, la championne de tous les sports jubile. Elle a fait un grand pas pour la reconnaissance des femmes.

RABAT, 4 NOVEMBRE 1933

Dans l'avion de la toute récente compagnie *Air France*, Marie vole vers Rabat parmi une douzaine de passagers, hommes d'affaires dont deux accompagnés de leurs épouses. Les voyageurs gastronomes pourraient maintenant, s'ils le souhaitaient, déguster un cassoulet à Toulouse le matin et s'attabler le soir devant un couscous.

Si Marie est pressée d'arriver, ce n'est pas pour satisfaire sa gourmandise, mais afin de se mettre à réaliser son grand projet. Réaliser, c'est le mot exact. Marie touche-à-tout va réaliser un film. Un film documentaire sur l'aviation sanitaire. Le comité l'a mandatée. S'est réuni pour établir le plan. S'est aussitôt accordé pour tourner le film au Maroc, berceau de l'aviation sanitaire. Après avoir effectué depuis 1922 plus de cent mille kilomètres en Afrique du Nord par tous moyens de locomotion, Marie était la mieux placée pour choisir les lieux de tournage.

Elle n'a pas été inutile non plus dans la recherche de hauts patronages. Les ministères de l'Air et de la Guerre, la résidence générale du Maroc aujourd'hui sous les ordres de M. Henri Ponsot, les directions du service de Santé de France et du Maroc, ont accepté. Le 37ᵉ régiment d'aviation apportera son concours. Les différents ministères ont donné des instructions pour que les avions sanitaires de toute l'Afrique du Nord soient mis à sa disposition sans limite d'heures ni de nombre. Sur place, le vizir Si El Hadj Omar Tazi lui prêtera le Super-Phalène, un monoplan Caudron quadriplace en bois et acier, acquis de moitié avec le pacha de Marrakech. Tous deux admirent Marie, même s'ils ne supporteraient pas que l'une de leurs femmes enfile un pantalon occidental ou fume une cigarette en public. Elle représente pour eux une fantaisie bénéfique de la nature.

Gaston Chelle accompagne Mlle Marvingt. Comme cet opérateur de la société de production l'Éclair-Journal a été dix ans plus tôt celui d'André Sauvage pour un film d'alpinisme, *La Traversée du Grépon*, les sujets de conversation ne manquent pas entre eux. Marie évoque aussitôt un souvenir… C'était en 1929, mon Dieu, que le temps passe vite ! Avec Thoret, grand spécialiste du vol à voile que j'avais d'ailleurs rencontré à Biskra en 1922… Eh bien, Thoret venait d'inventer le *suralpinisme* ! Grâce à lui, les amateurs pouvaient survoler le Mont-Blanc et ses environs dans une berline chauffée, à deux places plus la sienne. Pour éviter le mal de l'air, ils suçaient des pastilles de menthe et se tamponnaient les tempes avec l'eau de Cologne d'une bouteille fixée par une ficelle… Nous nous envolons de Chamonix et piquons sur Combloux. Mme Kempf, qui m'accompagne, aperçoit des amies qui déjeunent sur la terrasse de leur hôtel. Thoret met le cap sur la mer de glace, qui paraît très étroite entre les murailles granitiques. Je reconnais tant de lieux où je suis passée ! L'aiguille de l'M, l'aiguille de la République, les pentes neigeuses du Tacul où j'ai vu mes premiers chamois et entendu le cri d'une marmotte, la dent du Géant. Combien différentes sont mes impressions d'aviatrice de celles d'alpiniste ! Avec les ailes de Thoret, nous effectuons en quelques minutes un parcours qui avait duré des heures ! Thoret prend de l'altitude en utilisant les courants ascendants… Quel maître ! Il a une science précise du vol en montagne. Si vous en avez un jour l'occasion, il faut absolument monter dans l'avion de Thoret ! Lorsque Thoret s'élève à quatre mille trois cents mètres, la vision est inoubliable. Nous dominons une mer immense et ses récifs déchiquetés, noirs et blancs. Ensuite Thoret, à quatre mille huit cents mètres, accomplit un cercle au-dessus du mont Blanc. Et alors, pour la descente, Thoret coupe l'allumage… Quels merveilleux planés ! Puis Marie se tait, voguant dans ses souvenirs. Dites donc, Marvingt, fait Chelle après quelques secondes de silence entre eux, vous n'auriez pas le béguin pour Thoret ?

Elle rit, détourne – ô, à peine ! – la conversation. Vous avez vu le film auquel il a participé, *Tempête sur le Mont-Blanc* ? Ses acrobaties dans des tourbillons de neige ?

Quant au film à venir, destiné à vulgariser la notion de *voler au secours des blessés*, il s'intitulera : *Les Ailes qui sauvent*. Marie, présentée dans la presse nord-africaine comme l'*aviatrice inventeur du premier avion-ambulance*, en sera le metteur en scène et y jouera son propre rôle.

Point besoin de repérages. L'amoureuse des sables n'a eu qu'à fouiller dans ses impressionnantes piles de photographies pour sélectionner les plus beaux sites. Des archives compléteront les prises de vues sur le vif: la Croix-Rouge suédoise utilisant les ailes en Laponie, le docteur Chassaing convoyant une malade auvergnate jusqu'à Paris.

Pendant les mois de novembre et de décembre, Gaston Chelle impressionne deux mille mètres de pellicule en effectuant plus de trois mille kilomètres sur terre et dix-neuf heures de vol. Il filme les scènes depuis son propre avion. Réussit particulièrement les prises de vues au-dessus du Haut Atlas et de ses casbahs fantastiques. Malgré le temps parfois affreux. Malgré des difficultés sans nombre. Marie ne cède jamais, n'abandonne jamais, ne lâche rien. Ce que Marie veut, Dieu le veut, affirme Gaston.

Les scènes sont variées. Déplacements de médecins militaires se rendant auprès de blessés non transportables, en opposition aux interminables journées de marches et de fatigue sur les sentiers muletiers et les pistes indigènes. Vaccinations dans le bled. Établissement d'une piste. Attaque d'un convoi sanitaire. Organisation d'un terrain d'atterrissage de fortune. Enlèvement des blessés. Ambulance aérienne modèle qui permet de charger les personnes opérées à la sortie de la salle. L'homme-singe à la consultation de Skoura… Asso Bourouis de son vrai nom, note Marie dans son carnet. Les gens de son douar l'appellent *l'homme nu*. Il a horreur des vêtements, les déchire quand on lui en offre, vit hiver comme été dans un complet état de nudité. Corps mince et nerveux, longues jambes musclées. Il grimpe aux palmiers comme un singe. Comprend ce qu'on lui dit et s'exprime par des claquements de la langue. Petite tête au crâne rasé, presque à ras des épaules, front bas et fuyant. Ses narines s'ouvrent au-dessus d'une bouche largement fendue dont la lèvre inférieure proéminente cache une bonne partie du menton. Grandes oreilles très écartées. Arcs sourciliers et maxillaires saillants. Souffre de microcéphalie. Il serait faiseur de miracles…

Le film montre aussi la Fatima toubiba, qui accompagne le médecin dans les tournées de vaccination. L'arrivée des grands blessés à l'hôpital Maisonnave de Marrakech et la visite que leur rend le médecin général. Marie se fait filmer injectant de l'huile camphrée à un blessé grave qu'elle convoie au-dessus du Haut Atlas, puis assistant un chirurgien dans un hôpital de campagne. Servent de toile de fond les plus beaux sites de Fez, Volubilis, Meknès, Marrakech, Ouarzazate. Et pour le folklore, un splendide ahouach, sorte de feu de joie entouré de chants et de danses. Les hommes, accroupis au centre, frappent leurs tambourins. Les femmes, vêtues de kaftans de couleurs variées sur lesquels flottent de fins voiles transparents, en demi-cercle, côte à côte, hanche contre hanche, épaule contre épaule, chantent et dansent, soudées comme les maillons d'une chaîne. En décor, la magnifique casbah d'Aguelmous…

Le film *Les Ailes qui sauvent* est projeté la première fois le 20 juin 1934 au Ciné l'Auto, à Paris, devant les plus hautes autorités et de nombreuses personnalités. C'est un grand succès. Marie n'y assiste pas. Elle s'apercevra plus tard combien son rôle a été minimisé. Par les membres du Comité de l'aviation sanitaire ? Par les journalistes ? *Les invités étaient reçus par le docteur Chassaing, sénateur*, rapporte *Le Temps, et par MM. Nemirovski et Charlet, auteurs du film.* C'est tout... Quant à *L'Européen*, il précise : *Les prises de vues sont de M. Gaston Chelle avec la collaboration de Mlle Marvingt. Paris-Midi* félicite *M. Gaston Chelle et sa collaboratrice* pour ce film qui *constitue une propagande excellente pour l'aviation sanitaire.* À l'occasion d'une séance gratuite à la faculté de pharmacie, *Les Ailes* annoncent une présentation du film par *l'auteur, M. Charlet, secrétaire général des* Amis de l'aviation sanitaire. Les messieurs ont une fois de plus tiré la couverture à eux. Les compliments pleuvent. *D'un indiscutable intérêt. Reportage sensationnel. Splendide reportage...* Cependant *L'Est Républicain*, ami fidèle, rétablit la vérité : *Le film a été mis en scène par Mlle Marvingt... Film du plus haut intérêt... À ce succès, elle a joint la création d'un service de liaison entre aviation civile et militaire pour le transport des blessés sur les différents points du protectorat.*

Car Marie est restée au Maroc où, toujours inspirée par la générosité, elle ne chôme pas. À peine Gaston Chelle a-t-il repris l'avion pour la France, emportant les précieuses bobines, qu'elle s'est enfermée pour rassembler ses idées et exposer dans la tribune que lui offrent *Les Ailes* son programme ambitieux : *De l'infirmière-convoyeuse à l'aviatrice-infirmière.* Officiellement mandatée par le service de Santé, elle l'a pensé jusque dans les moindres détails.

L'infirmière diplômée recevra son carnet de vol après un entraînement aérien où le pilote, en cas de conditions trop calmes, « remuera » son avion pour l'éprouver, afin qu'elle puisse assurer le réconfort du malade ou du blessé dans n'importe quelle situation. Quant à l'aviatrice brevetée, elle devra remporter le titre d'auxiliaire de la Croix-Rouge avant d'exercer. *À quand la première médecin-aviatrice ?* lance Marie à la fin de son article.

Sur cette page, s'affiche une grande photo : *Mlle Marvingt expérimente la civière Rouvilloy, installée à bord d'un Potez.* Elle s'est allongée dessus sans se douter qu'une autre civière va deux mois plus tard l'emporter à l'hôpital de Marrakech. Une maladie microbienne très rare abat cette force de la nature qu'est Marie. Elle l'a contractée en suivant une colonne mobile qui surveillait les confins de la Mauritanie. Cinq semaines sans voir de lit !

La maladie, qui la fait beaucoup souffrir, l'oblige à supporter bon gré mal gré un mois de convalescence, où elle rattrape malgré elle le manque de lit. Mais à peine requinquée, la voilà qui file en plein mois de juillet vers un Sahara torride ! Elle aime tant cette région… L'occasion de se faire filmer en utilisant son nouveau ski métallique dans les dunes ou sur les neiges de l'Atlas. Elle s'arrache cependant à ce bonheur pour donner des conférences au public ou des cours sur l'aviation sanitaire aux professionnels. Port-Lyautey, Meknès, Fez, Taza, Oujda, Tanger. Et si elle regagne alors la France, début juin 1935, c'est que son cœur l'y rappelle. À peine décorée de la médaille de chevalier de la Légion d'honneur et détentrice du diplôme de premier pilote sanitaire de France, remis à l'aéroport du Bourget par la marquise de Noailles, elle s'envole pour Bruxelles. Joie ardente. C'est là que, le 12 juin, elle lance la compétition de l'année pour le Challenge Capitaine-Echeman. Mais Marie ne s'attarde pas en Belgique. L'horizon du Rouletabille en jupon ne cesse de s'élargir.

NEW YORK, 22 AOÛT 1935

Fiorello LaGuardia, maire de New York, gagne juste à temps le quai de la gare, déjà investi par les gardes d'honneur de l'armée et de la marine, pour saluer les trois cent quinze poilus français attendus. Ce ne sont pas leurs premiers pas dans le Nouveau Monde. Ils arrivent de Montréal, au Canada, ont admiré les chutes du Niagara. *Comrades*, camarades, lance LaGuardia d'une voix forte à ces hommes dont certains affichent les plus hautes décorations françaises, *Madam*… Car l'aviatrice Marie Marvingt, dont toute la presse américaine relate le séjour de quelques mois dans les tranchées, est elle aussi invitée à rencontrer les *veterans*. Ainsi appelle-t-on les anciens combattants aux États-Unis.

En traversant l'océan Atlantique, Marie n'a pu qu'évoquer le souvenir des camarades aviateurs qui ont ouvert la route. Charles Nungesser et François Coli, disparus à bord de *L'Oiseau blanc* en mai 1927… Elle se souvient, en 1914 – comme si c'était hier ! –, d'avoir donné en compagnie de Nungesser des leçons de plongeons à la piscine de Nancy…

Qu'il était sympathique, ce garçon ! Quinze jours après leur disparition, à lui et Coli, l'Américain Charles Lindbergh, sans escale et en solitaire, volait de New York à Paris. Dieudonné Costes et Maurice Bellonte réitéraient l'exploit en sens inverse au mois de septembre 1930. Et la traversée de l'Atlantique sud par Jean Mermoz en mai de la même année ! Mermoz encourage beaucoup Maryse Bastié à l'imiter… Quelle vaillance, cette aviatrice ! La nuit où Costes et Bellonte ont traversé l'Atlantique, Maryse, seule à bord – en cas de panne, elle répare sans aide son avion ! –, a volé trois heures de plus qu'eux, luttant jusqu'à l'épuisement contre le froid et le manque de sommeil. Elle est donc capable de réaliser le même exploit qu'eux, non ? Encouragée par Mermoz, qui lui a fait faire un aller-retour avec lui, elle va s'attaquer à son tour à la traversée de l'Atlantique sud. Marie développera largement cet exemple lors des conférences qu'elle doit donner ici, dans ce pays où les associations féminines sont si actives.

Long life to France! entend-on sur le quai. Après les festivités, les poilus retourneront déjà demain chez eux mais Marie, elle, va rester au pays des gratte-ciel ! Son sourire éclaire déjà de nombreuses unes. Elle a eu la joie d'apprendre qu'elle est très connue ici, car la presse américaine la suit depuis 1905, lors de ses premiers exploits d'alpiniste. Et ce qui semble le plus étonner les journalistes actuels, c'est… la couleur de ses cheveux. *A grey haired French aviatrix*, écrivent-ils, voire *white haired*, une aviatrice française aux cheveux gris, ou blancs. Ils la décrivent comme une personne plutôt corpulente, à lunettes, qui sourit lorsqu'on lui pose des questions sur son âge, révélant seulement qu'elle a dépassé le demi-siècle. Pas la peine de leur dire, songe-t-elle, qu'elle a eu 60 balais en février. Que ses plus belles années se sont évaporées avec les traces de ses skis, de ses pneus, de ses ailes. Vêtue d'une robe à volants, en mousseline noire à petites taches blanches, qui s'évase sur les tarmacs au souffle des avions, elle détourne la conversation en leur montrant sa photo en uniforme de poilu, sûre de son effet. Ils écrivent aussi qu'elle a été la première aviatrice. Ils n'avaient qu'à mieux se renseigner, estime-t-elle. Laroche et Niel, ses deux prédécesseurs – un mot qui n'a pas de féminin, alors disons ses devancières –, se sont définitivement envolées.

Son éternelle bougeotte la chatouille bientôt. Après un mois passé à New York, où Marie a lancé son deuxième défi mondial, elle se fait déposer à la fin de septembre à Winslow, en Arizona, par un avion de la Continental Western Air, puis en prend un autre pour le Grand Canyon. La presse saisit le prétexte de ce déplacement pour mieux la présenter aux lecteurs. Le public américain apprend qu'elle a assisté des chirurgiens pendant la guerre, qu'elle est l'inventeur du premier avion sanitaire, qu'elle est détentrice des médailles de la Légion d'honneur et de la croix de guerre, qu'elle a accompli deux mille atterrissages sans le moindre crash, qu'elle écrit de la poésie. Ceux qui s'intéressent à elle n'ignorent rien de ses nombreux exploits sportifs.

Elle visite les hôpitaux, donne des conférences. Dans tous ses propos, elle insiste sur le développement de l'aviation au féminin. Prochaines étapes : le sud des États-Unis de la Floride à Washington, Philadelphie, Chicago, enfin Los Angeles, où la *bird woman*, la femme oiseau, réside au St. Regis Hotel, et se déclare *séduite* par la Californie du Sud.

Il y a de quoi ! Quel beau souvenir lui laisseront Riverside et sa chapelle dédiée à saint François d'Assise, l'ami des oiseaux devenu patron des aviateurs ! Marie est invitée à inscrire son nom de *vieille tige*, comme étaient nommés les premiers aviateurs brevetés, sur des ailes de cuivre. Celles-ci seront accrochées sur le mur de marbre où s'additionnent d'autres ailes aux noms de grands as. Charles Lindbergh, Amelia Earhart…

Dopée, la *famous French aviatrix* se rend ensuite à Albuquerque, au Nouveau-Mexique et, armée de son appareil photo, s'empresse de visiter une réserve indienne voisine.

Puis c'est au consulat français de Chicago, séance contée par le *Sioux City Journal* de l'Iowa, que la *gray haired but buoyant Mlle*, vigoureuse malgré ses cheveux gris, assistée d'un interprète, formule son credo. Il n'y a aucune raison pour que des femmes en bonne santé, bien entraînées, ne puissent devenir des pilotes de transport efficaces, car elles sont attentives et consciencieuses. Ce qui n'est pas toujours le cas des hommes, pense Marie en elle-même. Et elle s'esclaffe, elle qu'un ministre de la Guerre a décorée des palmes du *premier tireur*, en dénonçant l'idée absurde selon laquelle les femmes seraient inaptes au service militaire parce qu'elles seraient incapables de *consistently smack the bull'eye*, de faire mouche à tous les coups ! Gros succès !

De nombreuses invitations suivent… Une conférence titrée *Comment j'ai vu la Grèce et la Turquie* était déjà prévue.

En visitant une belle école de vol à voile avec le champion de looping et une accompagnatrice, Mrs. Phoebe Bell, excellente pilote qui fait partie du Comité de l'association aéronautique, celle-ci révèle que, lors de la grande réception offerte à Marie, la section féminine s'était pour la première fois réunie avec la section masculine. Pas une mince victoire ! se félicite Marie. Les messieurs américains l'énervent. Ils se conduisent comme s'ils étaient les géniteurs des femmes.

Les Américaines ont eu beau obtenir le droit de vote en 1920, elles ne sont pas admises à participer à la direction des affaires publiques. Quand parviendront-elles à faire supprimer le mot *mâle* des textes ? Marie les encourage à se battre, même si elles s'attirent des réactions violentes. Les hommes d'ici, songe-t-elle, ont acquis pendant la conquête de l'Ouest une mentalité qui leur colle à la peau. Ils sont violents par étroitesse d'esprit. Ils ne savent pas régler leurs problèmes autrement que par les armes. Ils sont hélas confortés par une certaine catégorie de femmes à cervelle de poulet. N'ayant jamais connu de difficultés, elles veulent perpétuer le monde qu'elles ont toujours connu.

À Pittsburgh, sous les auspices de l'Alliance française, Mlle Marvingt, *volatile and explosive*, conte ses aventures avec brio. La presse mentionne que la *bride of danger*, ou *danger's sweetheart*, la fiancée du danger, loge chez Mrs. Henri Harris. Imaginez-vous que Mrs. Harris est née à Nancy, et que sa sœur Berthe Lévy et Marie jouaient dans la même troupe d'amateurs lorsqu'elles étaient gamines ! Par la suite, j'ai été l'élève de Sarah Bernhardt, puis de Mounet-Sully, et j'ai appris à réaliser des films avec Max Linder, apprend Marie à son amie qui pousse des oh ! et des ah ! émerveillés. Elle s'amuse beaucoup à bavarder une partie de la nuit avec ce témoin de sa jeunesse, évoquant fous rires et souvenirs, et aussi la mort héroïque du jeune frère Georges Lévy au champ d'honneur, en 1915, mais le coup de foudre amical, Marie l'éprouvera lors de son retour à Chicago.

C'est en effet dans cette ville attirante de l'Illinois que la doyenne mondiale des aviatrices rencontre la jeune Amelia Earhart, la reine des airs du Nouveau Monde, accourue spécialement de New York pour saluer son aînée. À 38 ans, Amelia a traversé l'Atlantique en solitaire, première femme à accomplir l'exploit, et vient de réaliser, toujours en solitaire, le premier vol entre Hawaï et la Californie.

L'Alliance française de Chicago a organisé entre elles un dialogue sur le thème de la lutte contre les dangers sur terre, sur l'eau et dans les airs. Six mille personnes y assistent tout ouïe. Marie admire l'élégance physique et morale d'Amelia. *Grande, très mince,* écrira-t-elle, *vêtue d'un fourreau marron et d'un smoking de piqué blanc, des yeux francs et clairs, un teint de rose, des lèvres bien dessinées laissant entrevoir des dents impeccables, une opulente chevelure d'un blond méticuleusement bouclé, à certaines heures… car sa chevelure en broussaille est un des principaux points de sa ressemblance avec son non moins glorieux patriote qui l'a fait désigner sous le nom de la girl Lindbergh.* Les yeux d'Amelia s'illuminent de joie profonde lorsqu'elle évoque ses voyages au-dessus des océans et en particulier son arrivée à Oakland après le départ d'Honolulu. Son bon sourire, ses gestes amusants, précis et naïfs, conquièrent l'auditoire.

À propos de chevelure, celle de Marie continue à déconcerter la presse. Sa crinière de cheveux blancs m'a surprise, avoue une journaliste du *Chicago Tribune*, car je croyais que toutes les femmes volantes étaient de *slim young eaglets*, de jeunes et minces aiglonnes, comme Amelia. La dame est cependant impressionnée par la valeureuse aviatrice qui, assise, lit *with machine gun-like rapidity*, avec le débit d'une mitrailleuse, la liste de ses vols au-dessus des régions du pôle Nord et du Sahara, tout en plaidant pour l'aviation sanitaire. *She was heart and soul for her cause and full of energy and fire, and when I saw her handsome black eyes blazing with electricity, and heard her gay laugh, I realized that her brand of youth was that of courage and faith in unseen things, far removed from lipstick or the latest kink in the silhouette. Indestructible, in fact*[1].

Quel âge a-t-elle? interroge carrément *The Philadelphia Inquirer. Elle a le teint d'une femme de 25 ans, et l'enthousiasme d'une gamine fêtant ses 10 ans. Cependant ses cheveux sont couleur gris acier, et elle admet avoir cessé le sport de compétition. Elle skie, nage, vole et pédale uniquement pour son plaisir.*

1. Elle défendait sa cause de tout son cœur, pleine d'énergie et de feu, et lorsque je vis ses beaux yeux noirs pétiller, lorsque j'entendis son rire joyeux, je compris que la marque de sa jeunesse était son courage et sa foi en des choses invisibles, bien loin des problèmes de rouge à lèvres ou de silhouette. Indestructible, en fait.

Après la conférence, le consul donne un banquet en l'honneur des deux aviatrices. Un repas long et copieux. Elles attendent avec impatience de prendre le thé pour se retrouver, se dégourdir les jambes et échanger encore. C'est l'instant que choisit le reporter du *Chicago Tribune* pour les photographier ensemble. Cette photo deviendra une carte postale qui pourrait s'intituler *Les Ailes d'hier et d'aujourd'hui*. Marie et Amelia, debout, chacune sa tasse à la main, sourire lumineux, se regardent d'un air formidablement complice. Invitées à dédicacer la carte sous leur portrait respectif, Amelia écrit : *To Miss Marvingt who has done so much for aviation*[1], et Marie : *À Amelia Earhart, en souvenir d'une aînée.*

Dans l'avion qui l'emporte vers la France en juin 1936, Marie fait le point. Grâce à la générosité de différentes lignes aériennes, elle a pu réaliser la traversée complète de l'Amérique, dans tous les sens, et en rapporter des documents passionnants dans les domaines les plus variés. Ses nombreuses escales lui ont permis de visiter des usines, aéronautiques ou autres, des hôpitaux, des œuvres sociales, des clubs, des musées, des sites touristiques, des universités, des écoles... Au cours de ses déplacements, elle a fait soixante-six conférences de propagande française... Un journaliste américain l'a baptisée *la femme la plus extraordinaire depuis Jeanne d'Arc* ! Un titre qui la flatte autant qu'il l'amuse. Tiens, Jeanne et elle sont lorraines toutes deux !

---

1. À Mlle Marvingt qui a tant fait pour l'aviation.

Et maintenant ?

Après presque trois ans passés hors de France, entre l'Afrique du Nord et l'Amérique, Marie se réjouit de retrouver les artistes parisiens. Une masse de cartons d'invitation doit l'attendre. Elle va se précipiter aux générales et aux présentations de films. Elle est attendue à des débats. Elle fera ensuite un bon séjour à Nancy. Le Havre l'attend pour une conférence sur les infirmières de l'air. Gageons que d'autres villes suivront. Il sera aussi temps de s'occuper du Challenge Capitaine-Echeman. Marie le remettra le 7 décembre à Paris.

Et ensuite ? Eh bien, Marie repartira pour le Nouveau Monde, c'est déjà décidé. Elle a découvert l'Amérique, et l'Amérique l'a conquise !

NANCY, 20 FÉVRIER 1955

Dans son petit appartement aux murs et meubles encombrés de photos, médailles, coupes, trophées, fanions, autographes, souvenirs et diplômes, Marie détaille avec émotion la rangée de cartes postales aux couleurs brillantes, venues des quatre coins du monde, qui surplombent la tablette de la cheminée. Au sol, des glaïeuls ou des plumes de paon surgissent du col de vases élancés, des bouquets de violettes ou de jonquilles s'arrondissent dans des verres. Une jacinthe bleu azur en pot répand son envoûtant parfum de jeunesse. Marie fête aujourd'hui son quatre-vingtième anniversaire.

Vingt ans après le voyage américain, le pétulant mousquetaire en jupon commence à peine à se ranger des voitures. Au bal, Marie essouffle encore ses cavaliers. Son anniversaire est cette année l'occasion, pour la presse, de rappeler ses faits d'armes, ses combats, son originalité et ses débats. Le titre *La Fiancée du danger fête ses 80 ans* défile sur les rotatives, accompagné d'une photo récente qui montre Marie à bicyclette un jour de mai, aussi svelte qu'à ses vingt ans. Veste cintrée sur une robe à jupe plissée mi-longue en rayonne à carreaux, toque noire à ruban qui couronne ses cheveux blancs, droite sur sa selle, elle pédale en répondant au sourire des passants, au salut des agents. À Nancy, on la dit aussi célèbre que la place Stanislas. Aujourd'hui comme les autres jours, après sa gymnastique du matin, et par n'importe quel temps, elle avalera quelques dizaines de kilomètres. Selon les besoins, elle attache son parapluie au cadre ou un sac au guidon. Un général de ses amis prétend qu'elle fait mentir la règle disant que quatre fois vingt font quatre-vingts.

Ah, on sonne à la porte ! Entrez, mon cher Edwin ! De but en blanc, l'officier américain de la base aérienne de Toul-Rosières, alors utilisée par l'US Air Force dans le cadre de l'OTAN, questionne avec son accent charmant : Que diriez-vous de faire demain un petit tour à bord de mon *Super Jet*, Mlle Marvingt ? Le McDonnell F-101 Voodoo ! s'écrie Marie avec joie. Splendide ! Mais pas demain, tout de suite ! Personne ne peut résister à Marvingt. Elle exige d'accompagner son visiteur aussitôt à la base, et de passer le test médical obligatoire pour les vols supersoniques.

Le médecin à lunettes rondes et barbe rousse toussote quand Edwin Baker lui indique le motif de leur visite, mais n'a plus qu'à s'exécuter : en un clin d'œil, Marie s'est débarrassée de son manteau, s'est plantée sur le tabouret du patient. Commence un long interrogatoire : antécédents médicaux, hérédité, pathologies, prise de médicaments. Ensuite le médecin ausculte ses poumons, écoute les battements de son cœur, lui prend le pouls et la tension, examine son acuité visuelle puis auditive, fait jouer ses articulations, évalue ses réflexes… Bonne pour le service ! déclare-t-il enfin, cachant mal son étonnement.

Marie prend alors place avec une joie immense dans la cabine et, quelques instants plus tard, elle survole Nancy à mille deux cents kilomètres à l'heure ! De retour chez elle, la doyenne des aviatrices vogue dans l'extase d'avoir franchi le mur du son.

Elle vole beaucoup ces temps-ci, Marie. Quelques jours plus tard, non loin de Paris, elle salue joyeusement Valérie André, une femme comme elle les aime ! Le passant qui croise cette personne élégante n'imagine sans doute pas son palmarès. Et pourtant ! Aviatrice, capitaine et médecin français, combattante de la Résistance pendant la Seconde Guerre mondiale, pilote sur la ligne de front pendant la guerre d'Indochine. La médecin-aviatrice dont Marie avait osé rêver, en 1933, dans son programme ambitieux publié par *Les Ailes* ! Comme Valérie André possédait le brevet de parachutiste, ses supérieurs lui ont fait suivre le cours de chirurgien de guerre afin de servir dans une zone qui ne pouvait être atteinte que par parachutage. Sa mission actuelle est nettement moins périlleuse : donner à Marie des leçons d'hélicoptère à réaction, afin que celle-ci puisse passer le brevet.

Revenue à Nancy, sifflant comme un canari, heureuse d'avoir assisté à des premières et à des projections privées, Marie se met à l'autre projet qui l'occupe : classer ses documents, ses photos et ses trophées. Elle passe de longues heures à cette tâche depuis la fin de la dernière guerre, dopée par la promesse qui lui a été faite de consacrer après sa mort à ses archives la salle d'un musée lorrain, voire un musée construit en son honneur. Il y a en particulier sept albums à couverture dorée. Y voisinent les autographes de grandes actrices et aviatrices, d'as du manche à balai, et puis les lettres de têtes couronnées, de chefs d'État et autres hautes personnalités civiles ou militaires. Où qu'elle aille, Marie emporte toujours son dernier album avec elle, serré dans un sac de toile, au cas où elle pourrait l'enrichir, et parce qu'elle adore le faire admirer.

Elle s'enveloppe dans son châle de lainage devenu presque aussi transparent qu'une toile d'araignée, s'assied à sa table de travail, rapproche la chaise sur laquelle vacille une pile de papiers, et bientôt les années défilent sous ses doigts. En 1937, elle a fait une nouvelle tournée de conférences aux États-Unis, ainsi qu'elle se l'était promis. Amelia Earhart n'était hélas plus de ce monde. La superbe aviatrice avait disparu en juillet, quelque part en Océanie, pendant son raid autour du globe. *Pauvre Amelia!* relit Marie dans l'article qu'elle a alors écrit pour *Le Matin. Quelles terribles heures elle a dû vivre… Les dix jours écoulés depuis sa disparition ont été pour moi un des drames les plus poignants que j'aie vécus.*

Le souvenir de leurs conversations animées poursuit Marie encore quelques instants. Puis elle se remet à la tâche. Toujours en 1937, voici une photo de Marie rayonnante, datant du 5 novembre, récipiendaire de la médaille de Chevalier dans l'Ordre de la Santé publique pour ses contributions à l'aviation sanitaire. Les médailles finiront dans l'une des vitrines du musée, songe-t-elle en jetant un regard oblique au grand tableau tendu de velours, posé par terre, sur lequel elle les a épinglées, mais sa grande œuvre, l'aviation sanitaire, continuera de croître et d'embellir.

Est-ce en 1938 seulement qu'elle a publié *Le Ski saharien et son utilisation* dans *La Croix*? s'interroge-t-elle. Ah oui! Cela lui semblait plus ancien. Jolie phrase, songe celle qui ne déteste pas se jeter parfois une fleur: *Sable et neige sont frère et sœur.* Il fallait voir l'étonnement des indigènes du douar, près de Beni-Abbès, non loin de l'ermitage du père de Foucauld, Lorrain très admiré d'elle, tandis que, vêtue d'un short blanc, elle fixait ses chaussures de montagne sur ses skis, et se lançait dans les dunes!

Marie avait à l'époque d'excellents rapports avec la rédaction de *La Croix*, qui l'a plus tard envoyée à Versailles afin de visiter les cuisines du château pendant la préparation d'un banquet. Elle a fouiné partout, questionné maîtres d'hôtel, serveurs, cuisiniers, sommeliers, leur a révélé qu'elle-même utilisait le *bréviaire* de Brillat-Savarin lorsqu'elle souhaitait régaler ses amis.

Elle n'imaginait pas qu'un jour elle ne pourrait plus recevoir personne.

Cette année-là, 1938, elle s'est aussi rendue à de nombreuses fêtes de l'air. Chacun était préoccupé par l'attitude belliqueuse de l'Allemagne, la montée du nazisme, la mégalomanie et la perversité du chancelier Hitler. Développer l'aviation sanitaire était un souci pressant. Marie se souvient du sentiment d'urgence qui l'étreignait à Luxembourg, lors de la compétition du Challenge Capitaine-Echeman.

Ah, les deux coups de sonnette du facteur ! Qui, après avoir salué aimablement Mlle Marvingt, lui tend le nouveau numéro de *Lorraine-Magazine*. Oh, ils m'ont gâtée ! jubile-t-elle en découvrant les quatre pages qui lui sont consacrées. Magnifiques. Avec des photos très marquantes dans les divers sports qu'elle a pratiqués. 1905, en jupe longue, à cloche-pied sur la pointe de l'aiguille de l'M. 1909, en route vers l'Angleterre, grimpée en plein vol sur la nacelle de l'*Étoile filante* pour désemmêler la corde de soupape. 1910, à bord de son monoplan Antoinette. 1914-1918, en poilu évidemment mais aussi en uniforme d'infirmière. Et puis des photos non datées. Accrochée par les genoux à un trapèze volant, tête en bas, bras croisés, dans une robe-culotte bouffante. S'entraînant au punching-ball. Conférencière enthousiaste, ce devait être à Biarritz. De beaux souvenirs, vraiment. Et un texte intelligent de Michel Daurat qui commence par exprimer le nouveau et très sérieux projet de Marie : *Parfaitement, je suis la quatrième femme qui se soit inscrite pour les premiers départs dans la Lune !*

En attendant, il faut garder les pieds sur terre et poursuivre le travail. Dommage que Marie ne possède encore aucune indication sur la manière dont le musée présentera ses archives. Elle continue donc sur le mode chronologique.

Le 12 janvier 1939, elle a été reçue par M. Albert Lebrun, président de la République. Malheureusement, elle n'a pas eu le temps de dire tout ce qu'elle aurait souhaité. En février, elle a été invitée à participer au Congrès national de défense passive. Elle a aidé à prévoir les mesures de protection individuelle contre les projectiles de toute nature et les gaz de combat. Des prévisions qui furent hélas appliquées, puisque les troupes allemandes entrèrent en Pologne le 1er septembre et que, deux jours plus tard, la Grande-Bretagne puis la France déclarèrent la guerre à l'Allemagne.

Il y eut d'abord la *drôle de guerre*, entre septembre 1939 et mai 1940, qui se joua surtout dans le ciel entre pilotes de l'armée de l'air et de la Luftwaffe. Marie, toujours soucieuse d'aider et de secourir, a aussitôt créé un centre de convalescence pour les aviateurs blessés, Le Repos des Ailes. Elle a pu l'installer dans une commune de Dordogne qui devait par chance rester en zone libre après l'armistice, Sainte-Alvère, près de Bergerac. C'est à cette période que, liant ses compétences médicales et son don de couturière, elle inventa un nouveau point de suture chirurgical. Voici la photo de la petite maison. Marie la regarde avec tendresse.

Lors de ses séjours aux États-Unis, elle s'est fait un grand ami, George E. Pelletier, resté son correspondant régulier, qui a publié en septembre 1939 une page entière avec photos, dans *The Nebraska State Journal*, sur son action pour l'aviation sanitaire. Voulant reproduire ses propos en français, l'adorable George a écrit : *Ce sera un travial de tries longue haleine!* Marie retrouve avec joie dans cet article copieux les noms des amis qui l'ont soutenue. Les maréchaux Foch et Joffre, les anciens présidents Doumer et Millerand, Clémenceau qu'on appelait *le Tigre*, tant d'autres. Et de rappeler sa brillante carrière d'aviatrice. Les Américains ont vraiment le chic pour dépiauter un sujet de A jusqu'à Z et en tirer le sel. L'article est si long que Marie doit plier la feuille. Nombre d'autres sont dans le même cas. Le musée devra faire disparaître les marques des pliures. Il existe, paraît-il, un moyen de repasser le papier.

On devait fêter en octobre le trentième anniversaire du premier vol en avion de Marvingt et celui de sa première traversée de la mer du Nord en sphérique, mais la guerre a obligé les promoteurs de la fête à la reporter à des jours plus calmes. Et ensuite il a été trop tard, regrette Marie.

Les années 40 et 41, elle les a surtout passées à Nancy. L'armée allemande est entrée dans la ville en juin 1940. Restrictions alimentaires, couvre-feu à la tombée de la nuit, Allemands toujours plus brutaux. Disparition des journaux *L'Est Républicain* et *L'Éclair de l'Est*, qui tenaient une ligne antinazie et se sont sabordés. Est alors apparu *L'Écho de Nancy*, contrôlé par les Allemands, qui défendait le nazisme, Adolf Hitler, et prônait l'antisémitisme. Pouah ! fait Marie. Elle participait à des matinées de bienfaisance. Donnait des soins en cette curieuse période où les gueules cassées de 14-18 peuplaient encore les rues tandis que de nouveaux blessés affluaient. Elle a beaucoup déployé son activité de conférencière. Auprès des enfants, notamment.

Sa joie était au zénith quand le maréchal Pétain devint le président du Conseil. Marie était fière de la dédicace élogieuse dont il avait honoré son album en 1931. N'était-il pas le vainqueur de Verdun ? C'est en juillet 1942 qu'elle lui retira son admiration, lorsqu'elle apprit que la police de Nancy avait eu ordre d'arrêter les juifs étrangers. Par chance Édouard Vigneron, chef du service des étrangers au commissariat central, son adjoint Pierre Marie et leurs cinq hommes, étaient des gens de valeur. En quelques heures, ils prévinrent les personnes menacées, les firent quitter la ville, parfois les abritèrent dans leur foyer. Trente-deux juifs, sur trois cent cinquante, furent malgré tout appréhendés, parce qu'ils n'avaient pas cru la police ou pas trouvé d'abri. Et Nancy fut une exception ! Marie apprit par la suite l'épouvantable destin des dizaines de milliers d'hommes, femmes, vieillards, enfants arrêtés, puis déportés dans les camps nazis… Par ailleurs, elle découvrit que des aviateurs avaient rejoint à Londres la France libre du général de Gaulle, et l'idée fit son chemin… De tout cela, il ne reste bien sûr aucune archive.

En 1943, Marie rejoignit Sainte-Alvère, où elle resta quelque temps, soignant les aviateurs ou ses amis du maquis. Officier médical de la Résistance, elle a été promue colonel. Tant bien que mal, elle poursuivait ses conférences ici ou là. Notamment à Limoges, en mai 1944. Parut ensuite la splendide page illustrée de *Notre province*, qui annonçait la publication de ses mémoires intitulés *La Fiancée du danger.* Elle exprimait déjà ce qu'elle ressent plus fort que jamais : *J'ai vécu dangereusement, en pleine confiance dans la Providence.* Elle avait indiqué les titres des chapitres : *Ce qu'on éprouve en se noyant / Ensevelie dans une avalanche / Projetée en l'air par un obus / Attaquée par deux apaches au Havre / Au sommet du Vésuve en éruption / Enterrée vivante, etc.* Le journaliste limousin s'est aussi intéressé au sentiment de volupté qu'elle éprouvait, suspendue à un parachute. A rappelé qu'elle administra le baptême de l'air à

Son Éminence le cardinal Luçon, archevêque de la ville de Reims, alors âgé de 86 ans. Un jeune homme qui, à l'atterrissage, se dit très heureux d'avoir survolé sa cathédrale !

Rester assise longtemps n'est pas le fort de Marie. Elle enfourche son vélo pour rendre visite à une vieille copine. Comme nous sommes un jeudi, les rires de Mounette, la petite-fille de cette dame, retentissent dans la maison. Adorable enfant, qui réclame à Marie *les vraies histoires de sa vie* et l'écoute bouche bée. Aujourd'hui Marie lui a apporté une carte postale représentant *L'universelle sportswoman Marie Marvingt dans quelques-uns de ses sports, d'après une toile de Vera de Landchevsky.* Au premier plan, le buste de Marie en femme élégante, cheveux courts joliment crantés, avec son collier de perles, un col de fourrure encadrant avec asymétrie un large décolleté. À l'arrière-plan, une zone qui passe insensiblement de la montagne au désert, où voisinent de minuscules reproductions de Marie. En ballon, en monoplan, en avion sanitaire ; sur un pic, à skis ou à cheval ; nageant, pratiquant l'escrime, ou juchée à dos de chameau. Mounette est ravie, et plus encore lorsque Marie prend son stylo pour écrire au dos de la carte :

Savoir vouloir et agir utilement.
Savoir, vouloir avec le sourire.
Savoir, vouloir avec les autres.
Savoir vouloir,
c'est pouvoir.
Marie Marvingt

Sitôt revenue dans son capharnaüm, elle se remet avec ardeur au classement de ses archives. Elles sont évidemment muettes sur la période 1944-1946. Ne content pas les sentiments, les espoirs puis la liesse de Marie lors du débarquement allié sur les plages de Normandie – qualifié *d'invasion* par le collaborateur de *L'Écho de Nancy*! –, puis de la libération de Nancy le 15 septembre 1944, puis de la capitulation de l'Allemagne le 8 mai 1945!

Pour ce qui la concerne personnellement, Marie ne trouve à classer que des entrefilets venus d'ici ou là, à l'occasion de petits voyages. Mais en 1947, *Paris-Match* la gâta d'un beau papier, auquel elle ne peut s'empêcher de penser souvent... Le journaliste commence par raconter qu'à 74 ans, elle a fêté son prix littéraire international de la Women's Association of Aeronautics, de Los Angeles, en faisant dix fois le tour de Paris à bicyclette. Le résultat de soixante ans d'entraînement! a-t-elle expliqué. Et *Paris-Match* de résumer l'ensemble de sa vie sportive... Puis cette dernière ligne: *Mais Marie Marvingt est restée demoiselle.*

Elle que des journalistes stupides osent appeler *la grand-mère volante* – en pensant lui faire plaisir! – n'a pas eu d'enfants, alors qu'elle les adore.

Quand on lui demande pourquoi elle ne s'est pas mariée, elle répond: faute de temps. En fait, les choses sont beaucoup plus compliquées.

La base de sa vie, c'est la liberté. Plus particulièrement la liberté, non pas de supplanter les hommes, mais de les égaler. Et ils ne le supportent pas. Leur intolérance envers les femmes n'a pas de limites. Ils veulent ignorer de quoi elles sont vraiment capables. La preuve, ce Tour de France auquel on a interdit à Marie de participer de peur qu'elle n'arrive parfois la première. La discrimination l'a rendue invisible sans que, malgré son effort immense, elle ne puisse parvenir à se défendre. Impossible de vouloir quoi que ce soit sans l'autorisation des hommes. Ils font barrage. Marie a dû expliquer pourquoi elle voulait voler, toujours se justifier, alors qu'à peine des hommes volaient-ils, on les admirait d'être pilotes. Sans leur poser aucune question. Comment se faisait-il qu'ils devenaient automatiquement des *as* pour avoir simplement appris à piloter comme elle l'avait fait ? Parce que les messieurs n'habilitent pas les dames à se passionner pour les mêmes exploits qu'eux. Parce qu'ils redoutent qu'on touche à leur pouvoir sur elles. Ils ne veulent pas reconnaître qu'elles savent atteindre par l'astuce le résultat qu'ils obtiennent par la force.

Tout se mêle. Marie n'aurait pu rester indépendante, garder sa liberté d'action et de pensée, si elle s'était liée à un homme. Si elle s'était laissé interner en femme mariée... Il est fort à parier que les assiettes auraient parfois elles aussi volé.

Qu'est-ce qu'une vie passée à vouloir rester objet de désir, mère, intendante et infirmière pour le confort d'un homme ? fulmine Marie. Comme si l'aveuglement était leur seul salut de bonheur sur terre. Et le modèle fait que les mères, fidèles épouses, élèvent leurs filles dans la soumission, et passent pour être accomplies, alors qu'elles n'ont pas eu d'existence propre. Le pire est qu'elles s'offusquent du comportement de la femme en mouvement. Même des épouses d'aviateurs ont dénigré Marie !

Cependant elle reconnaît que son *a priori* sur les hommes lui a causé aussi des chagrins. Elle n'arrivait pas à les regarder autrement que comme des ennemis. Elle marchait tête baissée dans cette idée-là, qui lui a sans doute fait manquer des rencontres. Elle s'est avérée incapable, comme les autres femmes, d'aimer sottement un homme, sans réfléchir. Marie avait du chagrin de ne pouvoir s'abandonner à cette sottise, mais il lui était impossible de sortir de son carcan de femme debout, telle une figure à la proue d'un vaisseau.

Sa vision idéale du couple n'a été que romantique. Jamais érotique. La sexualité lui semblait être une soumission au marchandage masculin. L'homme prend la femme, dit le langage commun, et la femme se donne à l'homme. Très peu pour elle si ce ne devait être que cela, et ça l'était souvent – trop souvent ! Et puis, soigner à l'hôpital les syphilitiques au corps rongé par les chancres, les gonorrhéiques et leurs écoulements purulents, n'a pas contribué au développement de son érotisme.

A-t-elle été influencée par la religion ? Chrétienne convaincue, elle porte en permanence deux médailles : la minuscule tête de mort qui pend au revers de sa veste, bénie par le pape Pie X lors d'un déjeuner mémorable au Vatican, et la médaille que Sa Sainteté lui a offerte ce jour-là. Peut-être la religion est-elle le seul domaine où Marie peut se conduire comme les autres, qu'ils soient homme ou femme, dans la même respectabilité. Elle fréquente l'église tous les dimanches. En sort avec le sentiment d'être caressée par Dieu.

Mais Marie a eu des penchants pour certains hommes qu'elle admirait. Au comportement correct, confiant, collégial. Dont la conversation l'enrichissait. Qui la regardaient avec lucidité, l'appréciaient telle qu'elle était. Un homme comme Lyautey, se souvient-elle, en jetant un coup d'œil au buste du maréchal qu'elle a sculpté au château de Thorey, coiffé sur son képi du casque colonial porté par elle en Afrique, qu'elle n'a jamais trouvé où ranger. Avec ceux-ci, elle pouvait baisser la garde, vivre des moments affectueux, complices, tranquilles, dans l'admiration et la fraternité. Elle poursuivait avec eux des rêves sentimentaux, qu'elle jouait et se rejouait. C'était comme un bivouac dans la nuit. Chaleur, tendresse. Elle n'a toutefois rien éprouvé des choses de l'amour, songe-t-elle. Ce n'est pas un regret, c'est une vérité.

D'ailleurs, elle ne s'est jamais parée pour l'avenir. Ni pour l'argent ni pour sa vie personnelle. Elle a vécu au jour le jour, captée sans cesse par ceci ou par cela.

Quand donc les femmes rejetteront-elles la mainmise des hommes sur leurs décisions ? Est-ce qu'on joue ? Est-ce qu'on vit ? De quoi s'agit-il réellement ? Si on joue, pourquoi les femmes doivent-elles perdre toujours ? Pourquoi ce jeu est-il si inégal ? Pourquoi devons-nous en tant que femmes obéir à des hommes habités par un idéal différent du nôtre ? Toutes ces questions traversent l'esprit de Marie en une période difficile où elle trouve de moins en moins à s'employer. Si ce n'est à classer ses archives.

En triant les papiers de ses mains manucurées au vernis nacré – son seul luxe, afin de donner un peu d'éclat à ses mains plombées de taches brunes –, la fiancée du danger a le curieux sentiment de préparer ses bagages. Mais ils sont loin d'être terminés. Tant de malles vides attendent encore !

La voici en 1948, lançant son troisième défi mondial pour l'ensemble de ses records sportifs, les sciences étudiées et les arts qu'elle pratique. Elle l'a même lancé à la télévision. Cette fois encore, personne ne l'a relevé, signale un journaliste. À 73 ans, poursuit-il, elle vient de faire du vol à voile malgré les fantaisies du climat. Elle souhaite se remettre au scaphandre car l'idée d'être femme-grenouille lui plaît beaucoup.

Cependant la République a reconnu ses qualités en lui décernant, c'était en 1949, la rosette d'officier de la Légion d'honneur, qui lui sera remise quelques mois plus tard par M. Maroselli, ministre de l'Air. La même année est paru son livre *Les Ailes qui sauvent*. Un an avant *Sauvés par la colombe*. C'est aussi en 1950 qu'elle a reçu la médaille de la Ville de Nancy. Honnêtement, il était temps ! Elle qui était la gloire de la ville aurait bien mérité une petite pension. Bref... Au mois d'avril, elle a fait à Marseille une conférence intitulée *Cinquante mille kilomètres en Afrique du Nord*, qui lui a valu des articles enthousiastes. Ah, ce n'est pas drôle de remuer toute cette paperasse, mais elle doit le faire ! Pour que les visiteurs du musée qui s'intéresseront à son parcours la voient telle qu'elle était.

De 1951 à 1953, grand bonheur, Marie a parcouru près de soixante mille kilomètres en Afrique. Elle s'était mis dans l'idée d'apprendre l'espéranto aux petits frères et sœurs de

Charles de Foucauld. Issus des quatre coins du monde, ils éprouvaient des difficultés à se comprendre... Elle a donné de longues interviews à différentes radios. Les articles des journaux algériens, marocains, tunisiens ne tarissent pas d'éloges. Heureusement que ses amis lui ont envoyé les coupures de presse. Sinon – elle pense encore aux visiteurs du musée – elle aurait eu l'air de s'être tourné les pouces pendant ces deux années.

Juste avant son départ pour l'Afrique, grand honneur, elle a assisté à Nancy au mariage féerique de l'archiduc Otto de Habsbourg-Lorraine avec la princesse Regina de Saxe-Meiningen, le 10 mai. On en a parlé des semaines avant, on en a parlé des semaines après. Il y eut d'abord le mariage civil à la mairie, accompagné par un orchestre qui interpréta des œuvres de Wagner et de Fauré. Puis éclatèrent les hymnes autrichien, hongrois et français.

Marie avait reçu une invitation pour l'un des sièges réservés sur la place Stanislas. Elle avait vu sortir du Grand Hôtel, paré d'un drapeau autrichien flottant sur la façade, des rois et des altesses, des chevaliers de Malte dans leurs uniformes rutilants. Des journalistes du monde entier étaient accourus. Plus d'un millier d'Autrichiens en costume tyrolien sillonnaient la ville. Cent vingt mille Lorrains, dit-on, étaient venus de toute la région. Un somptueux diadème en diamants coiffait la princesse. Sa belle-mère l'impératrice Zita avait porté ce cadeau de l'empereur François-Joseph II le jour de son propre mariage avec l'archiduc Charles. Après le mariage civil, le cortège nuptial se rendit à l'église des Cordeliers, précédé par des chevaliers de la Toison d'or et des étudiants autrichiens dont la tenue intéressa fortement Marie : dolmans de velours verts et bleus à brandebourgs noirs, culottes blanches et bottes à l'écuyère. Des demoiselles d'honneur portaient la traîne de sept mètres de la mariée. Comme dans les contes de fées, les époux furent par la suite très heureux et eurent beaucoup d'enfants... Cinq filles et un garçon à l'heure actuelle, et peut-être les parents n'ont-ils pas dit leur dernier mot.

1954 a été une année marquante pour Marie ! Elle a en effet reçu le prix Deutsch de la Meurthe de la Fédération nationale d'aéronautique en tant que pionnier de l'aviation sanitaire et pour son établissement des services de secours. Et puis elle n'oubliera jamais cette cérémonie splendide du 30 janvier 1955 au grand amphithéâtre de la Sorbonne. C'était il y a peu de temps, juste avant son anniversaire de 80 ans. Marie a reçu ce soir-là les félicitations de la Fédération nationale d'aéronautique de France et d'outre-mer, sous la forme de la ravissante statuette de la Victoire de Samothrace, à présent sous ses yeux, qu'elle couve d'un regard fier et affectueux.

I'm 80. So what? J'ai 80 ans. Et alors ? titrera dans quelques jours le *Press and Sun Bulletin*. En photo, Marie aux commandes d'un hélicoptère à réaction, le Djinn 21. Oui, *the most daring woman in France*, la femme la plus audacieuse de France, a passé son brevet le 2 avril 1955. Sa joie d'avoir réussi était telle que, descendue de l'appareil, elle a gambadé comme une gamine, sautant sur un pied et riant de bonheur. Désormais, elle peut dire qu'elle aura piloté tout ce qui vole ou a volé.

Imaginez-vous qu'elle a dû se bagarrer pour qu'on renouvelle son brevet de pilote. Ils la trouvaient trop vieille. La vieillesse, qu'est-ce que ça veut dire ? Marie connaît des jeunes gens, vingt ans à peine, incapables de monter une côte à bicyclette. Elle, même l'ascension de la butte Montmartre ne lui fait pas peur. D'ailleurs, la bicyclette, c'est sensationnel à Paris. Marie se faufile dans les pires encombrements. Les jeunes, à présent, ce sont de petites natures. Elle était seule dans la nuit lorsqu'elle a effectué à la nage la traversée entre la Grèce continentale et l'île de Samothrace, vingt-deux kilomètres, et maintenant les freluquets qui traversent la Manche se font accompagner par un bateau !

En ce mois de novembre 1956, une foule nombreuse de spectateurs se presse sous les fenêtres du palais de Monaco, de part et d'autre de l'entrée d'honneur, attendant que Leurs Altesses apparaissent. *Parmi eux*, relatera Mario Brun, le chroniqueur de *Nice-Matin*, *une vieille dame en toque de loutre qui paraissait ne pouvoir tenir en place. Elle enfonçait les mains dans un gros pardessus d'homme qui tombait jusque sur ses bottillons.*

Ce manteau, garni d'un col de fourrure, qui s'orne d'une rosette rouge à la boutonnière et d'une médaille de l'aéronautique, a appartenu au maire de Nancy décédé. C'est dire l'état de dénuement dans lequel Marie vit à présent. Elle a mal placé sa petite fortune, qui a souffert des dévaluations successives. Ses exploits ne lui ont rien rapporté. Moins heureuses que les aviateurs, les aviatrices ne perçoivent pas d'argent quand elles gagnent des prix. Un objet d'art, mesdames ! Un bouquet de fleurs ! C'est d'une pensée délicate, mais enfin... Car Marie n'a aucun droit social. Elle n'a pas songé à garder un pourcentage sur les billets payants qui donnaient accès à ses conférences. Elle donne des leçons de diction, des soins d'infirmière, qui ne suffisent pas à la nourrir. Il lui arrive aussi de placer des produits de beauté auprès de femmes d'officiers. Elle parcourt les bureaux de rédaction pour tenter de caser un article, une photo.

Marie est par chance souvent invitée, et les transports lui sont offerts, à moins qu'elle ne se déplace à vélo, mais son frigidaire est vide, et elle s'abstient de chauffer son appartement. Elle a perdu les kilos superflus qui l'arrondissaient à New York. Des Nancéiens la croisent au mont-de-piété. Elle expédie son courrier dans des enveloppes usagées, soigneusement récupérées.

Elle subsiste grâce aux colis que lui envoient des amis, des cousins, débarque chez l'un ou l'autre à l'heure du déjeuner, s'installe à la table du Cercle militaire où elle trouve toujours quelqu'un avec qui évoquer des souvenirs, fréquente avec assiduité les buffets des réceptions de la ville. Munie d'un grand sac noir de tissu léger, elle sait rencontrer là un ami qui l'emplit discrètement de sandwiches pour qu'elle puisse se nourrir le soir. Dire qu'au temps de ses exploits, elle était si sélective ! Son régime était celui des alpinistes. Six petits repas par jour, où elle répartissait : une mince grillade de viande rouge, plein de chocolat, du sucre et des fruits, ni nourriture épicée, ni pain, ni bœuf bouilli, ni alcool. Maintenant, elle absorbe n'importe quoi, pourvu que ce soit gratuit.

Quand on doit mendier son pain comme une pauvresse qui n'a jamais rien fait de sa vie, on se sent mourir seconde après seconde. Les gens de pouvoir le savent, qu'on est démuni, mais ils font ceux qui n'ont pas les moyens d'aider tout le monde, pendant qu'on est en train de crever sous leurs yeux. Parfois transparaît dans le regard de Marie le chagrin d'être dans le besoin alors qu'elle pourrait encore tant apporter à la société. Par exemple amener les femmes à se soustraire de l'impérialisme des hommes, à exprimer leur vision différente. On réévaluerait ainsi le niveau de compétence de celles qui se battent jour après jour pour inventer leur propre voie.

Et cependant, Marie reste gaie, garde le regard vif. Et là, à Monaco, Mario Brun, le chroniqueur de *Nice-Matin*, s'étonne de voir cette femme, inconnue de lui, qui rit à gorge déployée, au coude à coude avec les excellences, les ministres et monseigneur l'évêque de Monaco. Soudain un individu chamarré de décorations la serre dans ses bras à l'étouffer. C'est le ministre plénipotentiaire de Monaco en Allemagne. Plus tard, elle embrasse un gentleman en gibus, le consul de Finlande à Nice. Et la raison de sa présence ici ? C'est parce que le prince, *son petit Rainier*, est le président d'honneur des Amis de l'aviation sanitaire, dont elle est à présent la présidente, et qu'elle est venue lui demander une audience. À tous, elle raconte qu'elle pilote maintenant un réacteur… L'audience obtenue, elle enfourche sa bicyclette pour rallier Nice. Et regagne sa *caserne* en avion grâce à des amis aviateurs.

Sa *caserne*, ainsi désigne-t-elle son appartement nancéien. Non loin de la place Stanislas, elle loge au premier étage d'une aile de l'ancien hôtel des Pages de Lorraine, transformé en caserne au début des années 30. Marie reçut à l'époque une lettre qui lui demandait de bien vouloir déménager. Elle se précipita chez le colonel. Quand je suis venue habiter ici, en 1889, vous n'étiez même pas né, attaqua-t-elle. Alors vous ne croyez tout de même pas que vous allez pouvoir me faire partir. Jamais le maréchal Foch ne m'aurait fait une chose pareille. Tenez, regardez ! Elle fouilla dans son sac de toile, en sortit la photo sur laquelle on la voyait, élégante, descendre une avenue en compagnie du maréchal. Le colonel médusé lut la dédicace : *À Mlle Marvingt, très respectueux hommages, F. Foch*, et bredouilla qu'elle pouvait continuer à habiter son logis. Quant aux demandes de paiement du loyer, Marie les jeta à la poubelle.

Marie court là où on l'invite, et continue son chemin. La voici de nouveau à Paris en 1957 pour recevoir la médaille d'or de l'Éducation physique et la médaille d'argent du service de Santé de l'air. Le mois de mai la voit au Bourget, la poitrine bardée de décorations, tel un général soviétique, pour assister à la célébration du trentième anniversaire de la fameuse traversée de Lindbergh avec le *Spirit of St. Louis*. Il lui avait fallu trente-trois heures, vingt-neuf minutes et vingt secondes, un aviateur américain ce jour a couvert la distance en six heures et trente-sept minutes. Seules cent personnes l'attendaient aujourd'hui, contre trois cent cinquante mille pour Lindbergh. Marie en était. Puis Marseille, Rome… Marie n'a pas pu consacrer beaucoup de temps à ses archives, cette année, mais…

… mais c'est en 1958 que l'un de ses albums s'enrichit d'une pièce inestimable. Marie a demandé au général Weygand de bien vouloir y laisser quelques mots. Ils ont fait connaissance en 1914. Maxime Weygand était alors lieutenant-colonel au 5e régiment de hussards à Nancy. Il est ensuite devenu le bras droit du maréchal Foch à la fin de la guerre. Marie l'a revu notamment en 1931, depuis un an chef d'état-major général de l'armée, à l'occasion d'une cérémonie nancéienne qu'il présidait. Il venait aussi d'être élu à l'Académie française… Avant de signer sur la page blanche qui lui est assignée, Weygand feuillette les albums de Marie avec gourmandise, curieux de reconnaître des signatures, de lire un texte original… Et voici qu'il tombe sur un autographe de son ami le maréchal Foch. Daté du 11 juillet 1928. Weygand reconnaît aussitôt l'écriture si nette, plume au bec large, du stylo qu'il a souvent vu courir sur le papier : *Prêcher et prêcher l'exemple, quelle éloquence ! C'est ce que fait Mlle Marvingt.* En dessous reste une demi-page blanche, car personne n'a osé mesurer sa prose à celle du maréchal. Mais c'est l'espace que choisit Weygand. Et il écrit : *Ajouter à une parole de Foch ? Seule une parole de Foch est digne de terminer cette page. Vous étiez, Mademoiselle, reçue par lui. Entre son aide de camp pour lui rappeler que l'heure avance et qu'il doit déjeuner avec une tête couronnée. « La reine de l'Air, répond-il,*

ne peut-elle faire attendre un instant un roi de la Terre ? »
Weygand. 21.10.1958

De beaux articles de presse viennent encore, de 1959 à 1961, rappeler au public les héroïsmes et les fantaisies de la fiancée du danger. Leurs lignes lèvent pour quelques jours la brume qui cache à présent Marie aux yeux du monde. Pour quelques jours seulement. L'actualité commence à faire rage. Une nouvelle chasse l'autre.

Et puis, c'est la catastrophe ! *Désirée*, le bon vélo qui a succédé à la bien-aimée et regrettée *Zéphyrine* – dérobée à Paris –, tombe en pièces. Une réparation reviendrait aussi cher qu'un nouveau. Et où trouver l'argent ? L'un des cousins éloignés de Marie organise alors une collecte et, un jour, vient la chercher pour l'emmener chez le marchand de bicyclettes. Avec un enthousiasme de jeune fille, Marie choisit celle qui deviendra sa *Reine*. Et la voilà repartie sur les routes de Lorraine ! Mais pas seulement !

Par une belle matinée d'hiver, Marie enfile un gros pull de laine et prend la direction de Paris. Distance : trois cent vingt kilomètres. Elle a 86 ans. Pédale pendant dix heures avec entrain. Le soir, s'arrête dans un hameau qu'elle connaît bien. Accueille avec fierté les applaudissements des habitants. Repart le lendemain matin. Arrive à Paris. Et, l'après-midi même, survole la capitale dans un hélicoptère à réaction.

Revenue très heureuse de son équipée, Marie s'attelle à ses archives. Ses quarante années de propagandiste de l'aviation sanitaire et ses six mille conférences ont engendré une foule de grands articles mais aussi une multitude d'entrefilets qu'elle ne veut pas laisser perdre.

En août 1962, elle envoie une carte, celle qui reproduit le tableau de Vera de Landchevski, à l'écrivain Roland Dorgelès. *Mon cher ami*, écrit Marie, *Comme cette chère Hania* (l'épouse de Dorgelès) *figurera dans mes archives uniques au monde dans leur ensemble, et destinées à un musée, veuillez je vous prie me donner la date de son décès et son âge, vous souvenez-vous qu'elle m'accompagnait dans mes tournées ? Bien fidèles et affectueux souvenirs, M. Marvingt.*

Nous sommes en mai 1963. Marie est devenue frileuse. Bonnet sur la tête, enveloppée dans son châle troué, engoncée dans un pull et des chaussettes de laine pour résister à l'humidité de son appartement, elle se fait l'effet d'être une survivante.

Apercevant son reflet dans un miroir, elle est frappée par sa ressemblance avec la mendiante croisée un jour à Londres, Fleet Street, qui l'avait si fortement impressionnée. Cette pauvresse appuyée contre un mur de briques. Au visage si tragiquement flétri. Au regard, une flamme, chargé d'un mélange de colère et de résignation. Au gobelet qu'elle étreignait de ses doigts sales…

Seuls des fantômes tiennent à présent compagnie à Marie. Elle a vu mourir ses plus chers amis les uns après les autres. Les témoins de ses dix-sept records mondiaux ont disparu. Trente-quatre décorations font d'elle la femme, voire la personne, la plus honorée du XXe siècle – et elle ignore que ce record-là ne sera pas battu ! – mais ces honneurs ne se transforment ni en aliments dans son assiette, ni en charbon dans son poêle, ni en vêtements. Elle s'est taillé une veste et une jupe dans la toile qui garnissait le matelas de Félix.

Marie est un soldat. Elle n'imagine pas de montrer sa peine. Dehors, elle sourit toujours. Parfois d'un sourire factice.

Un rayon de soleil l'incite à sortir. Très droite sur sa bicyclette, elle se dirige vers les bureaux de *L'Est Républicain*, avec une réserve de photos dans son sac et l'idée de proposer un article sur son bonheur de piloter des engins à réaction, lorsqu'elle est soudain saisie d'une violente douleur au thorax. Obligée de s'arrêter, Marie descend de vélo, s'affaisse sur les marches d'un monument, pliée en deux, les mains sur sa poitrine. Dans l'officine placée juste en face, le pharmacien l'aperçoit, accourt, et lui fait absorber un tonique. Passent un officier et son épouse. Ils s'inquiètent, offrent à Marie de la reconduire en auto. Non, non, ça va… Merci. Il faut que ça aille. Je rentre chez moi.

Ils insistent en vain. Titubante, Marie se remet sur ses roues, réussit à rentrer chez elle, tombe sur son lit.

Ne la voyant plus paraître, des voisins appellent le médecin. Il la fait accepter dans une maison de secours sans grands moyens. Marie n'est plus personne aux yeux de ceux qui ne parient que sur la notoriété. La plupart, à vrai dire.

Elle perd lentement la vue, ce qui l'empêche de lire et d'écrire. Accueille ses rares visiteurs avec d'autant plus de joie, mais leur demande souvent de répéter leurs propos. L'ouïe est atteinte. Et puis un jour, son comportement étrange alerte le médecin.

Il l'hospitalise alors dans un centre psychothérapique, à Laxou, une commune à cinq kilomètres de Nancy. Une maison de fous, disent les gens avec des regards complices. Marie se souvient d'avoir entendu M. Garnier rire comme un enfant, dans le ballon qui les entraînait vers la mer du Nord, en reconnaissant Laxou. Et rit à son tour. Pourtant, elle a froid aux os. Aussi froid que dans la nacelle submergée par les vagues de la mer du Nord.

Pendant quelques semaines, Marie pense et prie, son rosaire à la main. Elle évoque sans cesse le souvenir de la bénédiction du pape Pie X, lorsque Sa Sainteté l'avait invitée à déjeuner au Vatican, avait même béni la minuscule tête de mort, suspendue à une chaînette, qui ne la quittait jamais.

Sa vie ressemble à l'un de ces carrousels qui amusent tant les enfants. Elle est montée dans l'avion, sur le cheval, sur la bicyclette, dans l'auto, sur le chameau. Et la musique jouait. Et c'étaient des valses et des tangos et des boléros.

On l'entend parfois parler comme si elle pilotait un avion. Elle se souvient de Mourmelon, de Bétheny, de ses envolées dans le ciel marocain. La *femme la plus extraordinaire depuis Jeanne d'Arc* s'arrêtera bientôt de flirter avec le danger. Il va gagner la partie. Elle ne marchera pas sur la Lune. Elle traverse un nouveau désert.

Marie a-t-elle peur de la mort ?

Mlle Marvingt n'a jamais eu peur de rien. Elle n'a jamais eu peur de mourir. Mais elle était alors dans l'action.

Et maintenant que son corps décharné, diminué, refuse de lui obéir, Marie tremble de sentir son souffle s'étioler, se dessécher comme un oued aspiré goutte à goutte par le ciel brûlant. Comment se résoudre à n'être plus qu'une pâle lumière vacillante, menacée par un courant d'air, quand on a traversé la vie tel un feu d'artifice ?

Est-ce le prix à payer pour quitter l'obscurité de ce monde ?

NANCY, DÉCEMBRE 1963

À l'heure où le matin glacé succède à une nuit de pleine lune, en ce 14 décembre 1963, Marie Marvingt s'envole, définitivement, depuis Laxou. Elle a 88 ans, le même âge qu'avait Félix, le seul compagnon de sa vie, à l'instant de sa mort. Elle meurt dans un dénuement scandaleux, qui sera surtout dénoncé par la presse américaine.

Les obsèques de Mlle Marvingt sont célébrées à Nancy le 17 décembre à 10 heures en la basilique Saint-Epvre. On peut imaginer qu'elles plaisent à Marie, là où elle est. Sa croix d'officier de la Légion d'honneur étincelle sur le drap mortuaire du cercueil entouré de nombreuses couronnes de fleurs. Sont présents : des autorités militaires et civiles, l'épouse du maire, ses amies et amis de l'Aéro-Club, de l'aviation sanitaire et de la Croix-Rouge, les auditeurs de ses conférences dont certains l'ont applaudie alors qu'ils étaient encore des enfants, des aviateurs, des journalistes, les commerçants qui la voyaient compter ses petits sous, des voisines et voisins, le facteur, son médecin, des infirmières, les cousines et les cousins éloignés… Elle est ensuite inhumée au cimetière nancéien de Préville, dans la rue paisible qu'elle a si souvent parcourue à bicyclette.

Une pile d'articles émouvants salue les mérites de son existence. Iront-ils s'ajouter à ceux que Marie conservait depuis des années ? Qui collectionnera et classera désormais, pour le musée, les papiers splendides qui racontent sa vie, célèbrent ses immenses qualités, morales et physiques, conjuguées dans le désir d'aimer et de secourir ?

Personne.

L'armée, pressée de récupérer son appartement, le vide *manu militari*. Et tout finit sur le trottoir. Des passants ramassent ce qui les intéresse, photos, cartes postales, trophées, jusqu'au passage de la benne des balayeurs. Qui s'est emparé de la Victoire de Samothrace ?

N'aurait-on pu faire porter ses maigres biens dans un hangar ? Les gradés n'y ont même pas pensé, tel était leur mépris pour la « vieille radoteuse ». Foch, Weygand, Lyautey, ses amis ? Pourquoi pas le pape, tant qu'elle y était ? Elle les faisait rire. Quelle imagination, la vieille ! Sûr, elle avait une araignée au plafond.

Il n'existe pas de musée Marie Marvingt, ni même de salle à son nom dans un musée lorrain. Elle n'a eu ni descendants, ni famille proche, qui auraient pu lutter afin de perpétuer sa mémoire.

Est-elle morte trop vieille ? Rien de mieux pour séduire les foules que de perdre la vie dans l'éclat de sa jeunesse.

Les représentants du sexe dit fort ont-ils été heureux d'enterrer enfin les preuves d'égalité, voire de supériorité, données par elle, qui auraient dû les condamner à la modestie ? *La liste de ses prouesses – authentiques – est telle, que si elle appartenait à un homme, cet homme serait depuis longtemps célèbre et admiré*, avait écrit le journaliste Frantz Reichel. Une légende dorée aurait auréolé tout homme riche d'autant d'exploits.

Malgré sa folle intrépidité, son intelligence, ses dons inouïs, son âme aimante, cette femme prodigieuse a sombré dans l'oubli. La preuve, la voici ! Connaissiez-vous Marie Marvingt avant de lire le roman de sa vie ?

NOTE DE L'AUTEURE

Ce texte, qui pourrait passer pour un récit, est un roman, dans la mesure où j'ai brodé librement autour des faits réels de la vie de Marie Marvingt, puisés parmi les milliers d'articles de presse qui l'ont célébrée, pour mieux faire émerger l'extraordinaire personnalité de celle qui a démontré – ô combien ! – que la femme peut être la parfaite égale de l'homme.

BIBLIOGRAPHIE

Françoise Baron-Boilley, *Marie Marvingt à l'aventure du sport*, L'Harmattan, 2013.

Général Barthélemy, « La femme la plus extraordinaire du siècle : Marie Marvingt, la "fiancée du danger" », in *L'Étrange race des hommes volants*, Éditions France-Empire, 1979.

Philippe Buron Pilâtre, *Lorraine, fille de l'air*, Éditions Serpenoise, 2010.

Évelyne Combeau-Mari, Valérie Boulain, « Transgression des normes sexuées et violence symbolique. Itinéraire de jeunesse d'une sportive, Marie Marvingt (1875-1963) », *International Review on Sport and Violence*, n° 8, 2014.

Marcel Cordier, Rosalie Maggio, *Marie Marvingt, la femme d'un siècle*, Éditions Pierron, 1991.

Gaby Curral-Couttet, *Les Folles Années de Chamonix*, Éditions France-Empire, 1984.

Alison S. Fell, *Women as Veterans in Britain and France after the First World War*, Cambridge University Press, 2018.
Anne Velez, *Les Filles de l'eau, une histoire des femmes et de la natation en France (1905-1939)*, Université d'Angers, 2010.

DOCUMENTAIRE
Michèle Larue, Noël Burch, *La Fiancée du danger*, 52 minutes, Ere Production, France 3 Lorraine Champagne-Ardenne, 2005.

PRESSE FRANCOPHONE (ENTRE AUTRES)
Annales africaines, *Bulletin officiel de l'Automobile-Club*, *Comoedia*, *Excelsior*, *Fémina*, *France-Aviation*, *Gil Blas*, *Journal des débats politiques et littéraires*, *Journal officiel de la République française*, *L'Aéro*, *L'Aérophile*, *L'Afrique du Nord illustrée*, *L'Air*, *L'Aurore*, *L'Auto*, *L'Écho d'Alger*, *L'Écho de la mode*, *L'Écho de Paris*, *L'Éclair de l'Est*, *L'Est Républicain*, *L'Européen*, *L'Express du Midi*, *L'Homme libre*, *L'Humanité*, *L'Illustration*, *L'Indépendant du Cher*, *L'Indépendant rémois*, *L'Industrie vélocipédique*, *L'Intransigeant*, *L'Ouest-Éclair*, *L'Univers*, *La Croix*, *La Culture physique*, *La Dépêche*, *La France*, *La Lanterne*, *La Libre Parole*, *La Montagne*, *La Petite Gironde*, *La Petite République*, *La Presse*, *La République française*, *La Revue aérienne*, *La Tribune*, *La Vie au grand air*, *Le XIXe siècle*, *Le Cri de Nancy*, *Le Courrier de Saône et Loire*, *Le Figaro*, *Le Gaulois*, *Le Journal*, *Le Matin*, *Le Miroir des sports*, *Le Pays lorrain*, *Le Petit Caporal*, *Le Petit Journal*, *Le Petit Marseillais*, *Le Petit Parisien*, *Le Radical*, *Le Rappel*, *Le Républicain lorrain*, *Le Siècle*, *Le Soleil*,

Le Sport, *Le Sport universel illustré*, *Le Temps*, *Le Tir national*, *Lectures pour tous*, *Les Ailes*, *Les Annales coloniales*, *Les Sports*, *Lorraine Magazine*, *Mémorial de la Loire et de la Haute-Loire*, *Nice-Matin*, *Notre province*, *Paris-Espéranto*, *Paris-Match*, *Paris-Midi*, *Paris-Soir*, *Revue du Touring-Club*, *Revue aéronautique de France*.

PRESSE ANGLOPHONE (ENTRE AUTRES)

Arizona Daily Star (Tucson, Pima, Arizona), *Chicago Tribune* (Chicago, Cook, Illinois), *Corsicana Daily Sun* (Texas), *Daily News* (New York, New York), *Pittsburgh Post-Gazette* (Pittsburgh, Allegheny, Pennsylvanie), *Press and Sun Bulletin* (Binghamton, Broome, New York), *Sioux City Journal* (Sioux City, Woodbury, Iowa), *Star Tribune* (Minneapolis, Minnesota), *St. Louis Post-Dispatch* (St. Louis, Missouri), *The Edmonton Journal* (Alberta), *The Guardian* (Londres), *The Gazette* (Montréal), *The Los Angeles Times* (Los Angeles, Californie), *The Nebraska State Journal* (Lincoln, Nebraska), *The Philadelphia Inquirer* (Philadelphie, Pennsylvanie), *The Pittsburgh Press* (Pittsburgh, Allegheny, Pennsylvanie), *The San Francisco Examiner* (San Francisco, Californie), *The Strand Magazine* (Londres), *The Sydney Morning Herald* (Sydney, Nouvelle-Galles du Sud).

REMERCIEMENTS

Mes premiers remerciements vont aux lectrices et lecteurs rencontrés dans les librairies et les salons littéraires, eux qui m'abordent avec la question : « Alors, quoi de neuf cette année ? » Ils me donnent le désir et la force de continuer.

Je tiens à remercier notamment Annie Beauvieux, la lectrice fidèle qui ne manque jamais de me lire et de partager son enthousiasme sur les réseaux sociaux.

Enfin, je remercie tout particulièrement Michèle Maubeuge, auteure de nombreux livres sur Nancy, qui la première m'a parlé de Marie Marvingt ; Annie Metz, directrice de la bibliothèque Marguerite Durand, qui a facilité mes recherches ; Maddly Bamy, l'amie toujours présente et attentive, qui répond à toutes les questions ; Pierre-Michel Kahn, premier lecteur du manuscrit et témoin affectueux de mon obsession pour Marie Marvingt ; aux éditions Le Passage, Marike Gauthier, Yann Briand, Freda Friant, Barthélemy Chapelet, qui m'ont permis avec ardeur et talent de faire revivre la fiancée du danger.

À toutes et tous, merci du fond du cœur,

Michèle Kahn

Achevé d'imprimer sur les presses de CPI en janvier 2020
N° d'impression : 2049875
Dépôt légal : mars 2020 • ISBN 978-2-84742-437-9 •
Imprimé en France